[redacted]

Aprile '91

Über dieses Buch Pierre Neuhart, ein kleiner Unternehmer um die vierzig, der sich auf den Abbau von Steinbrüchen konzentriert hat, lernt auf einer Soiree die 17jährige Schönheit Eliane kennen und verliebt sich rettungslos in sie. Bereits nach kurzer Zeit zieht sie zu ihm, nicht zuletzt um dem Zusammenleben mit ihrer Mutter zu entrinnen. Die falschen Vorstellungen, die sich der eine jeweils vom anderen macht, verkehren die Liebesgeschichte bald in eine Leidensgeschichte, zumal die Abhängigkeit Pierres von Eliane in dem Maße wächst, wie sie ihn abfällig behandelt, schikaniert und dominiert. Nach einer tragikomischen Eifersuchtsszene weist er sie aus seiner Wohnung; Eliane geht, offensichtlich ungerührt.
Doch nun ist Pierre Neuhart erst recht verloren: Eliane wird jetzt vollends zu seinem Lebensinhalt. Sie und ihre Liebe in grotesker Weise stilisierend, gerät er immer tiefer in Wahnvorstellungen und verkommt zusehends.
Nach einigen Jahren trifft er Eliane zufällig in einer elenden Kneipe wieder. Sie ist ebenfalls ziemlich abgerissen, eine gescheiterte Schauspielerin. Sie hat auch jetzt nicht das geringste Interesse für ihn.
Eine typische Bove-Geschichte, schlimm und faszinierend.

Der Autor Emmanuel Bove wurde 1898 in Paris geboren und starb dort 1945. Obwohl er zwischen 1924 und 1945 mehr als zwanzig Romane und zahlreiche Erzählungen geschrieben hat, geriet er nach dem Krieg auch in Frankreich fast völlig in Vergessenheit. Erst die Wiederveröffentlichung seiner wichtigsten Werke Ende der 70er Jahre führte zu einer Bove-Renaissance, die dank Peter Handkes Engagement auch im deutschsprachigen Raum überdurchschnittlich war.
Im Fischer Taschenbuch Verlag ist außerdem der Roman ›Die letzte Nacht‹ (Bd. 9278) lieferbar.

Emmanuel Bove

Die Liebe des Pierre Neuhart

Roman

Aus dem Französischen
von Thomas Laux

Fischer Taschenbuch Verlag

Deutsche Erstausgabe
Veröffentlicht im Fischer Taschenbuch Verlag GmbH,
Frankfurt am Main, Januar 1991

Lizenzausgabe mit freundlicher Genehmigung
der Editions du Castor Astral, Pantin
Die französische Originalausgabe erschien 1928
unter dem Titel ›L'Amour de Pierre Neuhart‹

Redaktion: Bernd Rüther
Umschlaggestaltung: Buchholz / Hinsch / Hensinger
Umschlagabbildung: Heinrich Hoerle ›Zwei Frauenakte‹ 1930/31
Mit freundlicher Genehmigung des Museum Ludwig, Köln
Foto: Rheinisches Bildarchiv, Köln
Gesamtherstellung: Clausen & Bosse, Leck
Printed in Germany
ISBN 3-596-10400-9

I

Pierre Neuhart erhob sich abrupt und durchmaß mit großen Schritten sein Büro. Das geräumige Zimmer lag im ersten Stock eines altes Mietshauses an der Place Saint-Sulpice. Die Wohnungen, allesamt ohne Wasser und Gas, waren in Geschäftsräume umgewandelt worden. Man stieß in diesem Raum auf Pappordner, verschlissene Sessel und einen großen Tisch, der von Papierkram, Tintenfässern, Linealen und Leimtöpfen bedeckt war. Auf einem einbeinigen Tischchen am Fenster stand eine schwere, altmodische Schreibmaschine, deren solides und unpraktisches Äußere an die ersten Automobile denken ließ. An der Wand war in Kopfhöhe das Telefon installiert. Ein paar Plakate, die so schludrig angebracht waren, daß man zwischen ihnen und der Wand einen Arm hätte durchstecken können, schmückten den Raum.

Pierre Neuhart war nervös, denn er war an diesem Abend bei Madame Aspi eingeladen. Obwohl er einerseits bedauerte, die Einladung angenommen zu haben, war er andererseits auch von dem Gedanken angetan, sich ein wenig entspannen, in eine neue Welt eindringen zu können, das Milieu zu wechseln. Bevor er ausging, wollte er seine Korrespondenz erledigen. Er schob sie immer bis zur letzten Minute vor sich her, denn Geschäftsbriefe waren ihm eine Last.

– Simone, notieren Sie bitte, sagte er zu der Angestellten, mit der er sein Büro teilte.

– Es ist fast sechs. Und um sechs gehe ich ganz bestimmt, antwortete sie. Warum denken Sie nicht etwas früher an Ihre Korrespondenz?
– Sie tun, was ich Ihnen sage. Wenn Sie nicht zufrieden sind, dann tut's mir leid. Sind Sie soweit? Gut. Adresse: Monsieur Muller, Rue du Rempart, Maubeuge. Kann's losgehen? Betrifft: Ihr Schreiben vom 10. dieses Monats. Monsieur, wie ich sehe, haben Sie zwanzig Tonnen Kies, Sorte vier, sandfrei, bei mir bestellt. Die Fuhre geht morgen los. In Anbetracht der guten Beziehungen, die ich mit Ihnen unterhielt... ich habe nie irgendwas mit ihm gehabt... als ich mich seinerzeit noch in Maubeuge aufhielt, bin ich bereit, Ihnen hinsichtlich der Zahlung alle Freiheiten zu gewähren... was mir gar nicht in den Kram paßt, aber was soll's. In der Hoffnung, auch künftig Ihre Aufträge entgegennehmen zu dürfen, verbleibe ich mit geschätzter Hochachtung undsoweiter, undsoweiter...
Pierre Neuhart blieb stehen. Er blickte Simone lächelnd an.
– Ich würde lieber an jemanden wie Sie schreiben, sagte er, das wäre amüsanter. Wie mich diese Art Korrespondenz anödet! Ach ja, könnte ich nur... Noch einen Brief, und Sie dürfen gehen. Ist Ihnen das recht?
– Um sechs ist Feierabend. Ich will um sechs Uhr gehen.
– Dann wollen wir schnell fertig werden. Adresse: Monsieur Balié, 12, Avenue de la Révolte, Aulnay-sous-Bois. Betrifft: Ihr Schreiben vom 9. dieses Mo-

nats. Monsieur, zur Zeit führe ich nicht ein Körnchen der Reissorte, die Sie bei mir in Auftrag gegeben haben. Per Telefon allerdings... Klingt gut, nicht wahr, per Telefon?
Simone legte ihren Stift hin und sagte:
– Das machen Sie doch extra. Wie Sie wollen, aber ich gehe jetzt. Sie kommen schon allein zurecht. Allmählich reicht mir Ihr Theater.
– Hören Sie, Simone, der Brief muß heute abend unbedingt noch raus. Ich fahre fort... Per Telefon allerdings erteile ich meinem Vorarbeiter Order, nein, halt, meinen Vorarbeitern Order, daß eine erste Lieferung von dreißig Tonnen übermorgen bereitstehen soll. Der Saldo Ihres Auftrages bemißt sich entsprechend den Herstellungskosten. Wie bereits in der Vergangenheit, gehen Sie mir auch jetzt wieder auf die Nerven...
Wütend erhob sich die Angestellte.
– Sie sind es, der mir auf die Nerven geht! Ich verschwinde jetzt. Bis morgen also, und zwar nicht vor zehn. Das wird Ihnen eine Lehre sein.
Der zwanglose Ton und die Bekenntnisse ihres Chefs hatten Simone dreist gemacht. Kein Tag verging, an dem sie nicht unter einem beliebigen Vorwand für ein, zwei Stunden verschwand. Oft meinte sie, daß er »ganz schön blöde« sei, doch wie viele geschäftige oder nachsichtige Menschen maß er solch plumpen Vertraulichkeiten keine Bedeutung bei, übte sich statt dessen in Geduld und wartete, bis man ihm gewogener war.

*

Etwa zwanzig Jahre zuvor war Pierre Neuhart ein junger Mann ohne besonderes Talent gewesen, ausgestattet mit einer soliden Schulbildung und einer guten Erziehung und beraten von einer ehrenwerten Bauern- und Industriellenfamilie aus dem Norden. Nur die Politik interessierte ihn. Er träumte davon, sich durch journalistische Tätigkeiten oder irgendeinen Posten als Sekretär Eintritt in diese Welt verschaffen zu können. Ehrgeizig wie er war, sah er in diesen Berufen, insbesondere in letzterem, ein bewährtes Mittel, gesellschaftlich aufzusteigen, und selbst heute noch spitzte er unwillkürlich die Ohren, wenn in seiner Gegenwart die Rede auf eine junge Parteisekretärin kam. Eine solche Beschäftigung reizte ihn wegen der Beziehungen, die er womöglich anknüpfen durfte, wegen der Geheimnisse, zu deren Wahrung er die nötigen Machtworte aussprechen sollte, wegen der Wertschätzung und des Neids, zu deren Gegenstand er würde, und, zuallererst, wegen der Soireen, zu denen er leichter Zugang fände und auf denen er gewiß der Frau begegnen würde, die ihm aus Liebe zum Erfolg verhalf.
Mit achtzehn also ging er nach Paris, mietete ein kleines Zimmer im Quartier Latin und war, um seine Eltern zu beschwichtigen, bisweilen bei Freunden der Familie zu Besuch. Dabei legte er jedoch solch eine Arroganz an den Tag, daß er selbst die Wohlwollendsten brüskierte. Wurde ihm irgendein geruhsames Pöstchen verschafft, verzog er nur geringschätzig den Mund. Kam man ihm aber nicht entgegen, fragte er in unverschämtem Ton: »Was können Sie mir bieten?« Nie kam ein Wort des Dankes über seine Lippen oder die

geringste Spur der Anerkennung. Ein Leben als Staatsmann erschien ihm um vieles begehrenswerter als alle Posten, die man ihm hätte offenhalten können, so daß er sogar Vergnügen dabei empfand, die Verbindungen seines Vaters zu verletzen, indem er die Verachtung, die er für sie hegte, ungeniert zeigte.

– Sie können sich wohl denken, sagte er einmal zum Inspektor einer Reederei, daß ich andere Ambitionen habe als Spritztouren auf See. Und außerdem: wohin käme ich denn? Nach Port-Said? Und dann? Dann muß ich wieder zurück und alles fängt von vorne an. Nein, das ist nichts für mich.

– Tja, dann machen Sie eben Spritztouren zum Montmartre... erwiderte der Inspektor, der vom Lebenswandel des jungen Mannes schon Wind bekommen hatte.

In der Tat verkehrte Pierre Neuhart in der Gesellschaft von Müßiggängern und gescheiterten Existenzen, in der er sich mit dem Geld, das sein Vater ihm zukommen ließ, als Wohltäter aufspielen konnte – in der ersten Woche des Monats jedenfalls. Denn die finanzielle Zuwendung erhielt er stets zu Ultimo, und sie brachte ihn ein wenig in Verlegenheit, da er auf diese Weise, wie er fand, von den Hoteliers und Ladeninhabern mit einem beliebigen Angestellten verwechselt werden konnte. Den spontanen Einladungen beschwipster junger Leute oder gerade volljähriger Mädchen folgend, verbrachte er die Nächte – bald verschlug es ihn in ein abgelegenes Café, bald in eine Spielhölle. Doch wie als Ausflucht trug er stets die Miene eines Flüchtlings, der sich mit dem Pöbel eingelassen hat, vor sich her. Trotz dieser Verstellung verlotterte er immer weiter. Bald schon machte er keinerlei Anstalten mehr, seine Zerrüttung zu verbergen, ja, er gefiel sich sogar darin, sie noch zu übertreiben. Tagelang rasierte er sich nicht, gab sich ganz unbekümmert, erteilte jungen Frauen, die zu ihm kamen, einen Korb, als sei die Anzahl seiner Romanzen dergestalt gewesen, daß er an Liebe nicht mehr hätte zu denken brauchen. Richtete man das Wort an ihn, betrachtete er, die Zigarette im Mund, mit argwöhnischem Blick sein Gegenüber, als wolle er auf diese Weise zu verstehen geben, daß ihm nicht zu imponieren war. Er war einsilbig. Am Ende einer Unterhaltung sagte er nur knapp »verstanden« oder »kapiert«. Öfter kam die Polizei in sein Hotel. Wenn die Inspektoren ihn dann frühmorgens weckten und seine Papiere zu sehen verlangten, kam er dieser Aufforderung nur mit Herablassung nach, denn wie bei allen, deren sozialer Abstieg nur vorgeschützt ist, hielt er nichts davon, daß man ihn mit den Zuhältern und Gaunern, mit denen er ja immerhin verkehrte, über einen Leisten schlug. Gewöhnlich stand er um vier Uhr nachmittags auf. In regelmäßigen Abständen versuchte er sich ans Kokain zu gewöhnen, was ihm mißlang. Von einer Reise nach Venedig träumte er; dort könne man angeblich mit Sicherheit reüssieren, »vorausgesetzt, man hat ein wenig Charme«. Aber sein Vater dachte nicht einmal daran, ihm die 20000 Francs vorzustrecken, die seinen Berechnungen zufolge nötig waren, um da im Süden mit einem prallgefüllten Koffer einzutreffen und mit klarem Kopf und der gebotenen Unabhängigkeit manövrieren zu können. Er faßte den Entschluß, das Geld selbst zu verdienen. Man schickte ihn zu einem Tanzlehrer. Gewissenhaft verfolgte er dessen Unterricht. Mit derselben Sorgfalt, die Wilde aufs Fallenstellen verwenden, traf er die Vorbereitungen für seine Reise. Er ließ nichts unberücksichtigt, fragte seine Kameraden von der juristischen Fakultät, wie weit man gehen könne, ohne straffällig zu werden, kaufte Modemagazine für den Herrn und verfaßte kleine Liebesbriefe.

Bevor er seine Pläne in die Tat umsetzen konnte, kam der Krieg. Für gewisse Leute war er ein Segen. Er zog als einfacher Soldat und ohne zuvor den Wehrdienst abgeleistet zu haben (er war freigestellt worden) als 23jähriger ins Feld. 1915 wurde er zum Offiziersanwärter ernannt. Obwohl mehrfach verwundet, bat er immer wieder um Rückkehr an die Front. Tagtäglich streifte er ein Stück seiner alten Haut ab. Das Leben, das er inmitten aller Gesellschaftsschichten und aller möglichen Individuen geführt hatte, kam ihm jetzt abstoßend vor. Tatsächlich wurde ihm während der Kriegsjahre der Ausnahmecharakter des Milieus bewußt, in das er geraten war – um einiges vergrößert allerdings. So wie es ihn zuvor nach Venedig getrieben hatte, zog es ihn jetzt nach Saloniki. Er kehrte als Leutnant zurück. Das Ende des Krieges war in Sicht. Der junge Mann, der von einem Abenteurerleben träumte, war ein anderer geworden.

Nach seinem Abschied aus dem Dienst wollte er das, was er sich von anderen erhofft hatte, aus eigener Kraft erreichen. Sein Vater, wohlhabender Fabrikant und Gemeinderatsmitglied von Bleuchâtel bei Maubeuge, besaß große Autorität im dortigen Wahlbezirk, wo er über 450 Stimmen verfügte, eine Zahl, die er leicht auf sechshundert erhöhen konnte, nachdem sich die Tapferkeit seines Sohnes herumgesprochen hatte. Außerdem pflegte er Beziehungen zu einem gewissen Hochet, dessen Ziegelei die bedeutendste in der Gegend war. Der Vater veranlaßte seinen Sohn zum Eintritt in diese Fabrik. Die 400 000 Francs streckte er ihm vor. Pierre brachte das Geld in das Geschäft ein, das aufgrund der gewaltigen Wiederaufbauarbeiten in jeder Hinsicht gesichert war. Im Gegenzug wurde er zum zweiten Direktor ernannt, und Monsieur Hochet, der bereits alt und nach vier Jahren Kriegsgefangenschaft erschöpft war, wünschte nichts weiter, als sich um die Kunden und den allgemeinen Geschäftsablauf kümmern zu dürfen. Hocherfreut willigte Pierre ein. Schon bald, unter Aufbietung aller Kräfte, gliederte er der Fabrik ein Zement-, Kalk- und Gipslager an, machte Geschäfte mit dem Staat und betrieb, von neuen Erkenntnissen geleitet, den Wiederaufbau ganzer Dörfer, vergrößerte den Kundenstamm, sicherte Absatzmärkte. Nach drei Jahren legte sich seine Begeisterung. Jeden Samstag fuhr er nach Paris, irrte dort sonntags ziellos umher und war dabei so gelöst, daß er die Fabrik vollkommen vergaß. Maubeuge flößte ihm allmählich Abscheu ein. Er hielt weder die Stadt noch die Menschen in ihr aus, noch die langen, düsteren Baracken der Ziegelei. Montagmorgens sah er dermaßen erbärmlich aus, daß die Freunde es sich nicht verkneifen konnten, ihn auf seine vermutlich schlaflosen Nächte anzusprechen. Diese Anspielungen steigerten nur seine Angst vor der Rückkehr. Sobald ihn aber die Geschäfte wieder in Anspruch nahmen, vergaß er seine Ausreißmanöver und wurde wieder zu dem, der er zuvor gewesen war. Er telefonierte, machte seine Gänge durch die Fabrik, kam Verabredungen nach, ging auf Reisen, inspizierte die Arbeit und lag mit dem Bahnhof im Streit.

Als er einmal einen Tag länger als sonst fortgeblieben war, bemerkte der alte Monsieur Hochet, der bis dahin immer den Eifer seines Teilhabers hatte dämpfen müssen:

– Mir scheint, Pierre, Sie sind nicht mehr mit Leib und Seele bei der Sache. Sie setzen damit nur Ihre Zukunft aufs Spiel. Ich sag's Ihnen in Ihrem Interesse. In meinem Alter, wissen Sie, möchte man gerne seine Ruhe haben.

Statt Pierre Neuhart anzuspornen, lähmte die Bemerkung ihn vollends. Monsieur Hochets Ziegelei flößte ihm eine noch stärkere Abneigung ein. »Mir reicht's«, dachte er, »ich will mich hier mit dreißig nicht begraben lassen. Ich will frei sein. Ich will tun, was mir gefällt. Die können mir gestohlen bleiben mit ihren Ziegeln und ihrem Zement. Es ist einfach widerlich, daß man sich in die Arbeit stürzt und sich, kaum blickt man einmal auf, sagen lassen muß: ›He, nicht so stürmisch, Kleiner. Schön bei der Stange bleiben, das ist das Beste für dich!‹ Nein, wirklich, mir reicht's.«

Mit dem zurückerlangten Geld ging Pierre Neuhart gegen den Willen seines Vaters, den dieser ›Verrat‹ empört hatte, nach Paris. Er hatte einen Plan: ein Steinbruchunternehmen aufzubauen, wofür die Verfügung über ein erhebliches Kapital unerläßlich war. Er spürte also einige Steinbrüche auf, schloß mit den Grundstückseignern einen Vertrag, in dem er ihnen als Gegenleistung eine geringe Beteiligung am Umsatz zugestand, erwarb dann die komplette Gerätschaft wie Backenbrecher, Sortierwalzen, Kipploren, Lastwagen, Sprengstoff, elektrische Bohrmaschinen und eröffnete direkt an der Place Saint-Sulpice das kleine Büro, in dem die Bestellungen zusammenliefen. Er war vollkommen frei. Dank der Verbindungen, die er noch in Maubeuge unterhielt, sicherte er sich in kürzester Zeit einen Kundenstamm. Ein neues Leben begann, das so unabhängig war, wie es seinem Wunsch entsprach. Wenn ihn der Müßiggang überkam, brauchte niemand darunter zu leiden. Er mußte weder Rechenschaft ablegen noch Erklärungen geben. Hin und wieder ging er ins Theater oder ins Variété, mal in Begleitung einer zufällig beim Spaziergang kennengelernten Frau, mal mit Kollegen. Von einem regelmäßigen Umgang mit diesen hielt er freilich nichts. Es waren grobe Menschen, die stolz auf ihre bäuerliche Herkunft waren, während er sich im Gegenteil darauf versteifte, seine Herkunft zu verhehlen. Denn schon immer hatte er von Distinktion, guten Manieren und großen Empfängen geträumt. Während er seinen Geschäften nachging, sah er bereits den Tag, an dem er von den Rendezvous, die die Frauen der feinen Gesellschaft ihm gewährten, ganz und gar in Anspruch genommen war. Auch die Männer wären an seinen Gesprächen interessiert. Sie fänden nichts Außergewöhnliches an einer Begegnung mit ihm, da sie ihn ja als einen der ihren betrachteten. Aber all das war nur Träumerei. Sein Leben war viel schlichter und wie betrübt vom stetig wachsenden Schatten seiner Hoffnungen. Die meiste Zeit verbrachte er in seinem Büro an der Place Saint-Sulpice. Er las viel, brachte jedem Buch dasselbe Interesse entgegen. Als er Madame Aspi kennenlernte, hatte er dieses ebenso lockere wie freudlose Leben bereits sieben Jahre lang geführt.

*

Nachdem Simone die Tür hinter sich zugezogen hatte, verharrte Pierre Neuhart noch einen Augenblick in Schweigen; dann brummte er: »Na schön. Werden die Briefe halt morgen geschrieben. Außerdem geht einem das ganz schön auf den Geist. Ich hätte nicht übel Lust, den ganzen Krempel hinzuschmeißen und auszugehen – allein schon beim Anblick dieses Büros. Kies Sorte vier. Ha! Was für Idioten diese Leute sind!«

In diesem Moment schlug es sechs. »Ich sollte mir trotzdem etwas anderes anziehen. Madame Aspi erwartet mich. Hoffentlich unterläuft mir nicht die Peinlichkeit, daß ich sie mit Madame d'Aspi anrede. Immer will ich ihr ein Adelsprädikat geben.« Er zog einen Kamm aus seiner Tasche, frisierte sich vor einem kleinen Spiegel an der Wand und kehrte in die Mitte des Zimmers zurück.

– Man könnte nicht behaupten, daß wir modern hier eingerichtet sind, sagte er laut. Es ist gerade schön genug, um mit Kies zu handeln. Wenn man bedenkt, daß ich Kies verkaufe, Waggons von Kies, ganze Güterzüge von Kies. Ich müßte mal berechnen, was das Kilo mir bringt. Ich werde den Vorarbeiter bitten, daß er mir Proben schickt. Ich stelle sie auf den Kamin. Zunächst nur ein Reiskorn, dann Kies Größe eins, zwei, drei, vier... Am besten hätte ich freiwillig weitergedient.

Trotz dieser aufgesetzten Lässigkeit wurde Pierre Neuhart zusehends nervöser. Er dachte immerzu an Madame Aspi. Seit er in Paris wohnte, war es das erste Mal, daß er in eine andere Welt als die eigene vordringen sollte, und er dachte noch an etwas Überragenderes.

Kaum auf der Straße, rief er ein Taxi heran und ließ sich zum Boulevard Pereire fahren, wo er in einem neuerbauten Wohnhaus ein kleines Apartement mit drei Zimmern gemietet hatte. Er hatte es mit einer auffälligen Farbtapete dekorieren lassen und war sehr stolz darauf. Das Ganze sah nach billigem Luxus aus. Ein stummer Diener aus einem Stück Holz hielt auf einem Tablett Rauchwaren bereit. Überall lagen Roßhaarkissen, die aber gold- oder silberfarben überzogen waren. Ein Spannteppich in grellem Rot bedeckte das Parkett von Wand zu Wand, und diese schreiende Farbe stach einem immer wieder in die Augen, sobald man sie dermaßen aufdringlich hinter einem der Möbel aufleuchten sah. Betrachtete man die dreieckigen Deckenlampen und das kuschelige Mobiliar (das speziell dieser Eigenschaft wegen ausgesucht worden war), schloß man beim Mieter auf eine gewisse Vorliebe für das Rokoko, die indes so wenig ausgeprägt war, daß sie sich unter dem Drängen eines hartnäckigen Verkäu-

fers leicht in nichts aufgelöst und er sich mit moderner Konfektionsware zufriedengegeben hätte.
Sobald er eingetreten war, setzte Pierre Neuhart das Grammophon in Gang. Er ließ sich neben ihm nieder, um es vom Platz aus bedienen zu können, hörte rauchend zu und schlug unmerklich mit den Füßen den Takt. Die Unordnung, die ihn umgab, kümmerte ihn nicht einmal. Schließlich nahm er den Hut ab und schleuderte ihn auf den Diwan. In allen Zimmern hatte er das Licht angedreht. Musik und Licht waren wichtig für ihn. Die Heiterkeit gefiel ihm. Und während in der Wohnung eine Schallplatte lief und gedämpftes Licht aus der Deckenbeleuchtung fiel, ließ er doch weiterhin die Miene des Gastgebers aufgesetzt, der pflichtbewußt alle Zerstreuungen demonstriert, die er aufbieten kann. Etwas Trauriges überzog sein Gesicht. Man spürte, er wußte selber nur zu genau, daß das Vergnügen sofort verschwand, wenn er nicht weiter dafür sorgte.
– Das soll genügen, sagte er, und verschloß das Grammophon. Ich muß mich jetzt anziehen.
Um sieben Uhr kam die Aufwartefrau und bereitete ihm sein Essen zu. Er aß ohne Appetit, ganz in Gedanken an den Abend bei Madame Aspi vertieft. Als er wieder allein war, ging er in das winzige Bad, kämmte sich noch einmal und sang dann vor Zufriedenheit, daß ihm noch eine ganze Stunde blieb, eines der Lieder, die er eben abgespielt hatte, vor sich hin.

*

Pierre Neuhart hatte Madame Aspi auf der »Grande Avenue« kennengelernt. Fast jeden Abend suchte er Brasserien oder Nachtlokale auf. Zuhause langweilte er sich so sehr, graute ihm dermaßen davor, nach dem Essen allein zu sein, daß er sich lieber auf den Straßen treiben ließ. Gelegentlich machte er die Bekanntschaft eines liebenswerten Gasts. Aus Gleichgültigkeit schloß er sich schnell anderen an. Aber nie suchte er die Fortsetzung eines Gesprächs. In der Eisenbahn, auf der Straße, im Café antwortete er geistesabwesend noch den unbedeutendsten Leuten, die sich an ihn wendeten, und gerade weil er offensichtlich nichts erwartete, flößte er Vertrauen ein.

Madame Aspi, in Begleitung eines älteren, zuvorkommenden Herrn, Monsieur de Petitepierre, saß an einem Nachbartisch. Sie blickte Pierre Neuhart unablässig an. Als er sie eingedenk der Aufmerksamkeit, deren Objekt er war, seinerseits anschaute, lächelte sie ihm zu und fragte dann, um eine kindliche Neugier zu befriedigen, wie ihm schien:

– Sie sind sicher nicht Franzose?

Seine Bestätigung irritierte sie nicht.

– Dann sind Sie also Künstler! Sie haben so etwas, das nicht jeder hat...

Madame Aspi war trotz ihres vorgerückten Alters sehr kokett. Sie liebte den Flirt, Komplimente, Ritterlichkeit und »schöne Dinge«. Und sie schätzte es ebenso, den Kreis ihrer Beziehungen zu erweitern. Als Verfechterin des Prinzips, daß man zunächst viele Menschen kennen muß, bevor man den findet, der einem nützlich sein kann, war sie darauf bedacht, überall eingeladen und jedem vorgestellt zu werden und ihren Freunden zu Gefallen zu sein. Denn ihr schien, wenn sie als erste einen Dienst erwies, könne sie später von ihren Schuldnern mehr zurückerwarten, als sie selbst gegeben hatte. Sobald sie einem Unbekannten gegenüberstand, wollte sie seinen Namen und seine berufliche Position erfahren. Pausenlos redete sie von der Unabhängigkeit der Frau, von ihrer »neuen Funktion in der heutigen Gesellschaft«, von Vereinen wie ›Wir Geschiedenen‹ oder ›Kämpfende Frauen‹, denen sie angehörte und denen die junge Advokatin Maître Momente vorstand.

– Sind Sie vielleicht Journalist? fragte sie Pierre Neuhart noch, der das unangenehme Gefühl verspürte, Erwartungen zu enttäuschen.

– Ich bin nur in der Industrie, Madame.

– Ein Industrieller also!

Madame Aspi unterließ es nie, ihre Verbindungen höher einzustufen, als sie waren. Ein Buchhalter wurde zu einem »Herrn, der einen einflußreichen Posten im Handel innehat«, alle Männer, die bei ihr verkehrten, trugen »große Verantwortung«, und alle Frauen waren »göttlich schön, kokett vielleicht, aber raffiniert«.

– Ich werde gleich den *Ober*kellner rufen, wenn man diesen Herrn hier nicht bedient, sagte Monsieur de Petitepierre, wobei er dem Kellner mit dem Finger drohte und auf das Tischchen deutete, an dem Pierre Neuhart saß.

– Aber der Herr braucht sich nur an unseren Tisch zu setzen, dann wird er ganz bestimmt viel schneller bedient, nicht wahr, Monsieur de Petitepierre?

– Gewiß, Madame. Gestatten Sie, daß ich den Tisch ein wenig heranrücke? Achtung, Madame.
Bevor Pierre Neuhart den Platz gewechselt hatte und während er noch seinen neben sich liegenden Hut aufnahm, suchte sie ihn ihrem Begleiter vorzustellen, der mit gespreizten Händen beim Umrücken der Stühle behilflich war. Da sie aber Pierres Namen nicht kannte, sagte sie affektiert:
– Ich muß Sie unbedingt meinem alten Freund Monsieur de Petitepierre vorstellen. Wie war noch gleich Ihr Name, Monsieur?
Während sie das sagte, rückte sie zurück, um dem neu Hinzugekommenen Platz zu machen, stellte ihre Handtasche um und war ganz aufgeregt. Daß jemand neues sich ihrem Kreis anschloß, erfüllte sie stets mit Befriedigung. In der Regel war sie die einzige, die in einer Gesellschaft Spätankömmlinge noch freundlich willkommen hieß.
– Pierre Neuhart, sagte der Industrielle, um sich vorzustellen.
In kürzester Zeit drehte sich das Gespräch um Banalitäten. Dann erzählte Monsieur de Petitepierre von einem jungen amerikanischen Mädchen, das er kennengelernt hatte und das sehr empfänglich für sein distinguiertes Benehmen gewesen sei. Er schloß daraus, daß »die jungen Ausländerinnen sich glücklich schätzen, in unserem Land auf eine Höflichkeit und einen Respekt vor dem weiblichen Geschlecht zu stoßen, hinter denen sie freilich unsere feurige Leidenschaft ahnen«.
– Der Herr muß Freitagabend unbedingt kommen,

finden Sie nicht auch? fragte Madame Aspi, an Monsieur de Petitepierre gewandt.
– Gewiß, Madame.
Sodann wandte sich Madame Aspi an Pierre Neuhart.
– Sie müssen mir das Vergnügen machen, Monsieur, und Freitagabend kommen. Ich habe Freunde und ein paar Schüler bei mir, in meinen Mußestunden gebe ich nämlich Gesangsunterricht. Wir werden gemeinsam musizieren. Monsieur de Petitepierre, schreiben Sie dem Herrn bitte meine Adresse auf: 110, Rue de Sèvres. Sie kommen doch, Monsieur? Es würde mir eine große, eine sehr große Freude bereiten, und Sie werden interessante Leute kennenlernen.

2

Als Pierre Neuhart in der Rue de Sèvres eintraf, verspürte er ein Gefühl der Beklommenheit. Das Haus, in dem Madame Aspi wohnte, war ziemlich eindrucksvoll. Das Vestibül war von Kandelabern erleuchtet, die, obwohl sie neu waren, einer anderen Epoche angehörten. »Ich hätte lieber ein Wort der Entschuldigung schreiben und nicht herkommen sollen.« Da er niemanden kannte, ahnte er bereits, daß er sich unwohl fühlen würde in seiner Haut. Er fürchtete, in einen illustren Kreis zu geraten, in dem man Konversation betrieb und in dem er wie ein Trottel dastehen würde. Doch wirklich peinlich war ihm der Gedanke, daß die Gäste um die schwache Beziehung wußten, die ihn mit Madame Aspi verband. Dennoch bewahrte er kühlen Kopf. Schon viel zu lange hatte er davon geträumt, sich Zutritt zu den besseren Kreisen zu verschaffen, als daß die momentane Torschlußpanik ihn noch hätte aufhalten können.

Als er eintrat, unterhielt sich bereits ein Dutzend geladener Gäste in Madame Aspis Salon. Während dieser einen eher gewöhnlichen Eindruck hinterließ, war das Wohnzimmer mit viel Geschmack möbliert. Madame Aspi, im roten Abendkleid, mit kurzem, gekräuseltem Haar, das ihren Kopf wie eine Kugel aussehen ließ, schien sehr vergnügt. Pierre erkannte sie nicht sogleich. Sie ging hin und her, öffnete Schränke, verschwand sekundenlang, kam lachend zurück. Wenn

man sie so hin- und hergehen sah, bemerkte man indes, daß ihre Ungezwungenheit gekünstelt war, daß sie weder die zarten Farben noch das Mobiliar selbst ausgesucht hatte, daß sie in dieser Wohnung vielleicht seit zehn Jahren lebte, aber vermutlich hatten andere, stillere Menschen vor ihr dort gewohnt.
Nachdem man einander bekanntgemacht hatte, kam Monsieur de Petitepierre, um mit dem Neuankömmling einen kleinen Schwatz zu halten; dann entfernte er sich wieder. Pierre Neuhart nahm ein wenig abseits Platz. Um ihn herum unterhielt man sich. Zwei Herren vor allem, ein dicker und ein dünner, die der Zufall zusammengeführt hatte, diskutierten heftig.
– Sie müssen's nur so machen wie ich: klein anfangen, sich steigern, und am Ende sind Sie ganz groß.
– Das mag ja keine schlechte Methode sein, entgegnete der andere. Aber man braucht auch etwas Glück.
– Ach, Sie Beklagenswerter! Jeder Mensch hat Glück. Das ist wie die Sonne, das Glück. Es gehört der ganzen Menschheit. Natürlich, wenn Ihnen der Schatten lieber ist, dann müssen Sie im Schatten bleiben, aber werden Sie nicht auf jene eifersüchtig, die die Sonne vorziehen.
– Also, was mich betrifft, so bin ich auf nichts eifersüchtig und beneide niemanden hier.
– Das weiß ich wohl, mein Bester. Die Anwesenden sind ausgenommen.
– Anwesende sind immer ausgenommen, ließ eine zarte Stimme sich vernehmen.
Sie gehörte Mademoiselle Duphot. Für dieses späte Mädchen, das durch nichts anderes als freundliche

Konversation mit ihrer Umwelt in Kontakt gekommen war, besaßen der Streit, die Liebe, die Sitzungen des Familienrats, kurzum, alle extremen Formen der menschlichen Existenz einen besonderen Stellenwert. Hörte sie, wie ein Mann zu einem anderen sagte, daß er mit ihm zu tun bekomme, raubte es ihr den Schlaf. Diese Empfindsamkeit hinderte sie freilich nicht am Tratsch. Doch sie betrieb ihn mit einer solch offensichtlichen Unbefangenheit, wie ein Kind etwa, das beim Anblick eines Kahlköpfigen schreit: »Schau doch, Mama, der Herr dort hat gar keine Haare auf dem Kopf!«

Und als ein schäbig gekleideter Komponist Gesprächsgegenstand der beiden Gäste war, meldete sie sich erneut zu Wort:

– Ganz richtig, was Sie da sagen. Sie brauchen Madame Aspi nur zu erzählen, daß Madame X oder Y überall Schulden hat und an Selbstmord denkt. Sie können sicher sein, daß sie diese Person zu sich einladen wird. Übrigens gibt es viele solcher Menschen, die einen merkwürdigen Hang zu den Anormalen, Deklassierten, ja zu all den Exempeln der niederen menschlichen Natur entwickeln. Ich habe einen Herrn sehr gut gekannt, einen Herrn aus unserer Gesellschaft, das war... warten Sie, 1905 oder sechs... der beispielsweise, sobald ein Mörder freigesprochen worden war, durch ganz Paris lief, um ihn zu sich einzuladen. Zum Glück für sie und uns ist Madame Aspi noch nicht so weit, was nicht bedeutet, daß sie nicht eine gewisse Vorliebe, die Faszination für die Exzentriker, die Gescheiterten, eben für alle diese jungen Leute hat, die

angeblich aus der Reihe tanzen, in Wirklichkeit aber nur Ohnmächtige sind.
Als Pierre Neuhart dies vernahm, fühlte er sich noch unwohler in seiner Haut. Da er zur Vorstellung neigte, man beschäftige sich nur mit ihm, schwante ihm, daß er der Anlaß für diese Worte gewesen war. Er senkte den Kopf und war äußerst erleichtert, als die Gruppe weiterging. »Jedenfalls bin ich kein Gescheiterter. Wahrscheinlich verdiene ich sogar mehr Geld als sie«, dachte er aus Opposition. Doch dann tauchten das Büro an der Place Saint-Sulpice und die Steinbrüche voller Maschinen, auf die der Regen fiel, vor seinen Augen auf. Er dachte daran, daß ihm der Umgang mit den derben Polieren und Steinbrucharbeitern nichts ausgemacht hatte. »Ich kann tun, was ich will, denen bin ich doch näher als diesen Leuten hier.« Diese Feststellung erfüllte ihn mit Bitterkeit. Er hob den Kopf empor. In der Nähe des Pianos kicherten ein paar junge Mädchen. Ein Gast, scheinbar in Gedanken vertieft, streifte ihn um ein Haar. Madame Aspi unterhielt sich mit zwei alten Damen. Ein junger Mann blätterte in einem Buch. Monsieur de Petitepierre hatte sich soeben zur Gruppe um Mademoiselle Duphot gesellt. Dann und wann wurde ein neuer Gast eingeführt. Obwohl Pierre Neuhart kaum Erfahrung mit ihnen hatte, kamen ihm doch einige Gäste höchst eigenartig vor. Besonders einer, klein, dürr, unrasiert, im schwarzen Anzug, wie man ihn in Frankreich nicht kennt, der, obwohl seine Sprache unverständlich war, laut redend und lachend von einer Gruppe zur anderen zog und nicht einen Moment lang mit seinem Reden und Gesti-

kulieren innehielt. Pierre Neuhart ließ ihn nicht aus den Augen. Die tiefen Verbeugungen dieses Mannes, die Selbstgefälligkeit riefen seine Neugier wach. Hätte er sich nur getraut, Monsieur de Petitepierre, der gerade vorüberging, zu fragen, um wen es sich handelte! Auf einmal vernahm er hinter sich die Stimme von Madame Aspi. Sie sagte:

– Wie hübsch Sie sind, meine kleine Eliane! Ihr Kleid ist wirklich zauberhaft. Nur Ihre Mutter besitzt soviel Geschmack.

– Aber Mama hat es gar nicht gemacht! hörte er noch.

Er wandte sich um. Madame Aspi hielt ein junges Mädchen bei der Hand. Es lächelte, als brächte das Kompliment sie in Verlegenheit. Pierre Neuhart stand auf. Er bildete sich ein, das junge Mädchen mit seiner Größe und Stärke beeindrucken zu können. Doch dann ging der kleine, dürre Mann, der seine Neugier angestachelt hatte, an ihm vorbei, schaute ihm mit einer Mischung aus Arroganz und Unterwürfigkeit ins Gesicht und lenkte dadurch, daß er von neuem und ebenso kurz das Gefühl physischer Überlegenheit wachrief, Pierre Neuhart einen Moment lang ab. Es hätte nicht viel gefehlt, und aus seiner Neugier wäre Abneigung und Ekel geworden. »Der kann von Glück reden, daß er im Krieg nicht unter meinem Befehl gestanden hat«, dachte er. Und wie von selbst suchten seine Augen Eliane. Aber sie war verschwunden. Mit dem Anschein der Niedergeschlagenheit begab er sich zum anderen Ende des Salons. Dort stand ein Diwan, der ihm zuvor wegen des Klaviers nicht aufgefallen

war. Auf ihm saß Eliane zwischen zwei Mädchen, die sie bei der Hüfte hielten, und Eliane hatte die Arme um ihre Schultern gelegt. Die drei lachten, plauderten, wiegten sich hin und her, als seien die anderen Gäste ihnen egal. Pierre Neuhart, der fast vierzig war, schämte sich einen Augenblick der Aufmerksamkeit, die er diesem Kind entgegenbrachte. Doch plötzlich spürte er Elianes Blick wie einen Lichtstrahl, der allein für ihn vom Himmel kam, auf sich ruhen. Im selben Moment errötete er. Im Schleier der Verwirrung sah er indes noch, wie sie den Blick abwandte und wie ein Ausdruck der Gleichgültigkeit ihr Gesicht überzog. Die Gäste um ihn erhielten plötzlich Profil. Hinter den Leuten, die direkt bei ihm standen, bemerkte er noch andere und hinter diesen die Gemälde und die Bespannung an der Wand. Er schüttelte sich und zwang sich zur Aufmerksamkeit für das, was um ihn herum geschah.
– Was sagten Sie, Madame? fragte ein Gast, der einen Schritt entfernt stand und sich an Madame Caturazza wandte, eine Freundin von Madame Aspi. Verzeihen Sie, wenn ich Ihren Ausführungen nicht folgen konnte, aber ich war durch die kleine Eliane abgelenkt. Dieses Kind wird einmal großartig aussehen. Glauben Sie nicht auch, Madame?
Unwillkürlich schaute Pierre Neuhart sie wieder an. Zweifellos hatte sie ihn mit ihrem Blick verfolgt, denn sie wandte jäh den Kopf; dann, als sei sie verstimmt darüber, ertappt worden zu sein, erhob sie sich und plauderte mit einem jungen Mann. Ein schmerzliches Gefühl der Eifersucht wurde in ihm wach. Er wollte sich dagegen wehren. »Das ist ja einfach lächerlich. Ich

komme mir wie ein Schuljunge vor. Ich werde mich doch hoffentlich nicht in ein kleines Mädchen verlieben.«

– Sie sagen gar nichts, Monsieur Neuhart! Kommen Sie.

Erleichtert folgte er der Aufforderung der Gastgeberin und brach dabei grundlos in nervöses Lachen aus. Sie führte ihn zu einer Gruppe älterer Leute, die in bedrücktem Ton, als wenn es um eine seit Ewigkeiten abgeschlossene Sache gegangen wäre, über einen Unfall sprachen, der sich am Morgen zugetragen hatte. Ein Automobil, das das Geländer einer Brücke durchbrochen hatte, war in die Seine gestürzt.

– Dieser Herr ist ein großer Industrieller. Er wird Sie über alles informieren, was Sie wissen möchten, sagte Madame Aspi.

Wie die Dame des Hauses, deren ganzer Stolz darin liegt, alle Liköre zur Verfügung zu haben, nach denen man sie fragen könnte, bildete Madame Aspi sich etwas darauf ein, alle möglichen Berufe um sich versammelt zu wissen. Und gerade an den des Industriellen kam man nur schwer heran. Daher versäumte sie es nicht, Pierre Neuhart gegenüber, der übrigens meinte, unberechtigterweise diesen Titel zu führen, besonders liebenswürdig zu sein. Doch gab es einen anderen Beruf, der in ihrem Kreis nicht anzutreffen war: der des Wissenschaftlers. Sie hatte bereits die kompliziertesten Schritte versucht, doch war es ihr damit nicht gelungen, ihn aufzuspüren. Sie kannte Maler, Ärzte, Architekten, Musiker, aber trotz aller Mühen war ihr der Mann, der ein Mittel gegen eine noch unheilbare

Krankheit erfunden hatte, bislang nicht untergekommen.
– Sie stehen nicht zufällig mit einem Wissenschaftler in Kontakt? fragte sie Pierre Neuhart auf gut Glück, der aus Angst, daß er in der Gunst seiner Gastgeberin sinken könnte, mit der Wahrheit herauszurücken zögerte.
Doch seine Befürchtung war völlig aus der Luft gegriffen, denn Madame Aspi machte sich aufgrund der vielen erfolglosen Bemühungen über die Antworten auf diese Frage keine Illusionen mehr.
Pierre Neuhart gewann allmählich die Fassung zurück. Er fand die Selbstsicherheit wieder, als er sah, wie sich auf den Gesichtern ein gewisser Respekt vor seinem Beruf abzeichnete, für den er selbst doch nichts als Abscheu empfand. Er faßte sich ein Herz und erklärte den alten Herrschaften die Gründe für die Zerbrechlichkeit von Brückengeländern. Aber er dachte dabei unentwegt an Eliane. Mitten im Konzert der Stimmen, das sich hinter ihm erhob, erkannte er die des jungen Mädchens, und irgend etwas Rätselhaftes sagte ihm, daß diese Stimme seinetwegen zuweilen lauter als die der anderen war. Wie geistesabwesend wandte er sich manchmal um, versuchte das junge Mädchen zu erblicken und entdeckte es auch schließlich, mal sitzend, mal stehend, aber immer im Profil. Ohne den Kopf zu bewegen, wußte sie, daß er zu ihr sah, und diese unbestimmte Miene im Gesicht, die jemand hat, solange er sich unbeobachtet fühlt, verschwand, um einem präzisen Ausdruck zu weichen, der ernst oder auch fröhlich war.

– Ihnen sind doch gewiß viele Arbeiter unterstellt? fragte eine Dame, die ihre Neugier mit grundlos verzogenem Mund, singender Stimme und affektierten Gebärden nur unzureichend überspielen konnte.
Pierre Neuhart, der kaum mehr als zwanzig Steinbrucharbeiter beschäftigte, erwiderte:
– Das hängt von den Aufträgen ab, Madame.
– Aber sagen Sie mir ungefähr. Ich frage ja nicht nach der genauen Zahl. Damit ich mir eine Vorstellung machen kann. Tausend? Zweitausend? Sie können mir alles erzählen, ich kontrolliere es schon nicht.
Als Pierre Neuhart ein Lächeln aufsetzte, das auszudrücken schien: »Wie neugierig Sie sind! Aber Sie werden nichts erfahren...« machte sie eine vertrauensvolle Miene.
– Aber mir können Sie es doch verraten. Es bleibt ganz unter uns!
– Tausend, sagte Pierre Neuhart, um dem Gespräch ein Ende zu bereiten.
Noch während er seiner Gesprächspartnerin zugehört hatte, war er unmerklich beiseitegerückt, damit er Eliane sehen konnte. Aber er mußte lange suchen, bis er sie fand. Sie hatte sich in einen Sessel gesetzt und spielte verträumt mit den Fransen ihres Schals. Während er sie beobachtete, lehnte sie sich zurück und heftete mit zurückgeworfenem Kopf den Blick auf ein Gemälde, das im diffusen Licht kaum zu erkennen war. So verloren und traurig sah sie aus, als ob sie träume.
Er verließ die Runde, zu der Madame Aspi ihn geleitet hatte, und ging auf das junge Mädchen zu, wobei er sich den Anschein gab, als sei er hauptsächlich an zwei

Gästen interessiert, die sich in ihrer Nähe aufhielten und miteinander redeten. Als er auf gleicher Höhe mit ihr war, wandte er den Kopf in ihre Richtung. Im selben Augenblick schloß sie die Augen, als wüßte sie nichts von seiner Gegenwart.

– Sie schlendern ein wenig, Monsieur Neuhart? fragte in diesem Augenblick Monsieur de Petitepierre, der, immer allein, gerne von einem Gast zum anderen ging, nur um ein paar freundliche Worte auszutauschen.

– Ganz recht.

Zwischen den zwei Männern entstand Schweigen. Dann fuhr Monsieur de Petitepierre fort:

– Das ist bestimmt nicht leicht, Arbeiter zu führen und zufriedenzustellen.

Pierre Neuhart blickte zu Eliane. Sie hatte sich wieder geradegesetzt, und nachdem sie sich wie aus dem Schlaf erwacht geräkelt hatte, stand sie auf, begab sich zu der Gruppe Schüler von Madame Aspi und sagte unvermittelt wie ein Mädchen, das eben noch mit etwas anderem beschäftigt war:

– Wir sollten tanzen! Ich liebe Charleston.

Pierre Neuhart bemerkte, daß Monsieur de Petitepierre noch auf die Antwort wartete.

– Nein, das ist nicht besonders schwer.

– Nun ja, ein Freund von mir, Sie haben gewiß von ihm gehört, Balder, François Balder, die Automobilfabrik Balder... Er leitet das Unternehmen übrigens nicht mehr. Eine Gesellschaft hat die Geschäfte übernommen, und er ist weiter Präsident, damit der Name erhalten bleibt. Gegenwärtig hat er sich nach Porteloup zurückgezogen, wo er Viehzucht betreibt – natürlich nur aus reiner Liebhaberei, denn er besitzt ein stattliches Vermögen und hätte sowas gar nicht nötig... Ich besuche ihn übrigens ziemlich oft auf seinem Besitz... Wir sind gute Freunde... Wir duzen uns, und es vergeht kein Jahr, in dem wir uns nicht sehen. Das Landleben hat er immer schon geliebt. Das sagte er mir noch letzten Winter, als ich bei ihm war. So weit, so gut. Mein Freund Balder beschäftigte, und ich rede von der Zeit weit vor dem Krieg, mehr als dreitausend Leute. Glauben Sie mir, Sie können sich nicht vorstellen, was für ein Fingerspitzengefühl dieser Mann beweisen mußte. Wegen einer Kleinigkeit drohten ihm seine Leute mit Streik. Und ein Streik, das wissen Sie selbst am besten, darf sich nicht in die Länge ziehen, damit der Gewinn eines Jahres sich nicht in Luft auflöst. Produktionsstillstand auf der einen Seite, nicht wahr, und auf der anderen laufen die Kosten weiter. Auf diese Weise geht's steil bergab.

Pierre Neuharts Blick suchte noch immer nach Eliane. Er sah den Sessel, auf dem sie gesessen, die Schüler, mit denen sie gesprochen und die sie anscheinend stehenlassen hatte, um zu zeigen, daß ihr die Gesellschaft Jüngerer nicht gefiel und sie lieber vorzog, allein zu sein, er sah Madame Aspi, die mit dem kleinen, dürren und unansehnlichen Mann plauderte – ein nichtsdestoweniger schöner Mann, der, die Beine übereinandergeschlagen, liebevoll über seinen Fußspann fuhr. Das junge Mädchen blieb unsichtbar. Die Befürchtung, sie könne ohne sein Wissen gegangen sein, ließ ihn erblassen. Rasch drehte er sich um, als hätte sich hinter ihm jemand auf Zehenspitzen angeschlichen. Sie unterhielt

sich mit den alten Damen, die er kurz zuvor verlassen hatte. Jetzt hatte sie eine Position eingenommen, die ihr erlaubte, ihn zu sehen, ohne daß es ihm auffiel. Seine unvermittelte Bewegung brachte ihn in Verlegenheit, und er glaubte, auf Elianes Gesicht ein spöttisches Lächeln zu entdecken. »Bestimmt fragt sie diese Leute, was ich ihnen erzählt habe«, dachte er. Er versuchte, sich an seine Worte zu erinnern, aber er war so nervös, daß er die Geduld dazu verlor. Monsieur de Petitepierre sprach immer noch von seinem Freund Balder, doch als er die Unaufmerksamkeit seines Gegenübers bemerkte, berichtete er nur von belanglosen Dingen, damit er die bedeutsameren nicht zu wiederholen brauchte, sobald Pierre Neuhart seinen Worten wieder Interesse entgegenbrachte.
Wieder allein, setzte er sich auf einen Platz, von dem aus er den ganzen Salon überblicken konnte. Eliane hatte die alten Leute verlassen und schien unschlüssig über ihr weiteres Tun, als der Gast, der seinen Fußspann so liebevoll gestreichelt hatte, sich ihr näherte.
– Sie sehen so verstört aus, liebes Kind, sagte er prompt.
Pierre Neuhart hoffte, Eliane würde ihm die kalte Schulter zeigen, indes forderte sie ihn offensichtlich vergnügt dazu auf, sich zu ihr auf einen Diwan zu setzen, der in ihrer unmittelbaren Nähe stand.
– Das ist wirklich nett von Ihnen, Monsieur, daß Sie mir Gesellschaft leisten wollen, sagte sie. Ich bin ganz allein. Niemand kümmert sich um mich. Man läßt mich in der Ecke stehen, und niemand spricht mit mir. Aber Sie sind wenigstens nett.

Diese Worte waren für Pierre Neuhart eine Qual. Er biß sich auf die Lippen, damit der Schmerz, den er empfand, eine andere Ursache bekam, aber das nützte nichts. Von Zeit zu Zeit blickte er zu Eliane. Dann konnte er sehen, wie sie mit ihren großen blauen Augen ihren Gesprächspartner ansah. Nicht ein einziges Mal wandte sie den Blick ab. Ganz gleich – ob lachend, ob mit verzogenem Mund, ob mit ernster Miene, die ihr Gesicht verdunkelte –, ihr Blick blieb treuherzig auf diesen Gast fixiert.

– Sie sind ein kleines Wunder in diesem Kleid, meinte der.

– Finden Sie, Monsieur? Dabei hat es nur Fehler. Sehen Sie diese Falten hier. Auf dieser Seite sind sie tiefer als auf der anderen. Auch dieses Band gefällt mir nicht. Es ist zu lang. Und Mama läßt nicht zu, daß ich es kürzer mache. Sie sagt, genau so muß es sein.

Pierre Neuhart ertrug dieses Gespräch nicht länger. Er stand auf, ging ein wenig, machte kehrt, um Monsieur de Petitepierre aus dem Weg zu gehen, der ihm schnurstracks entgegenkam. Als er sich möglichst weit von dem jungen Mädchen entfernt hatte, schaute er es an. Eliane fixierte ihr Gegenüber immer noch. Aber an etwas Unbeschreiblichem, der zunehmenden Starrheit ihres Blickes vielleicht, spürte er, daß sie sich beobachtet wußte. Er ging wieder zu dem Sessel, von dem er eben gekommen war.

– Monsieur, sagte sie, ich habe nicht viele *Gefährtinnen*.

Pierre Neuhart hatte kaum Platz genommen, da erhob sich Eliane.

– Ich muß jetzt gehen, Monsieur.
– Aber so bleiben Sie doch noch ein wenig.
– Sie machen mir Spaß. Ich sagte Ihnen doch, ich muß gehen. Mama ist sehr lieb, aber sie will nicht, daß ich später als elf nach Hause komme.
Eliane ging zu Madame Aspi.
– Ich muß rechtzeitig zuhause sein, vernahm Pierre Neuhart noch. Meine Mutter macht sich sonst Sorgen.
– Dann aber schnell los, mein Kind. Bereiten Sie Ihrer Mutter keinen Kummer.
Pierre wußte nicht, was er tun sollte. Einerseits war er froh, daß sie diesen Gast, der ihm auf die Nerven ging, hatte stehenlassen, andererseits befürchtete er, sie für immer zu verlieren. Er stand ebenfalls auf und schützte eine große Müdigkeit vor. Während Eliane noch mit ihren Freundinnen plauderte, verabschiedete er sich von Madame Aspi. Sie wollte ihn zurückhalten, doch unter dem Vorwand starker Kopfschmerzen beharrte er auf seinem Entschluß. Er sprach so langsam, als würde er nur schweren Herzens gehen, hielt dabei Eliane im Auge und fürchtete jetzt, sie könne vor ihm oder gleichzeitig verschwinden. »Ich mache mich als erster auf den Weg«, so sein Kalkül, »und werde langsam die Treppe hinuntersteigen, als ob ich todmüde sei. Sie wird mich einholen, dann spreche ich sie an.«

*

Als er sich im Erdgeschoß befand, hielt Pierre Neuhart inne und lauschte mit angehaltenem Atem. Licht aus

Glaskugeln erhellte das Vestibül. Er vernahm keinen Laut. Er spürte sein Herz schlagen, aber er hörte es nicht. Mehrere Minuten verharrte er so, zitternd vor Angst und Aufregung, dann ging er wieder einen Stock hinauf, um erneut und sehr bedächtig hinunterzusteigen. Im Eingang meinte er plötzlich, er könne dort nicht länger bleiben. Ein letztes Mal lauschte er, ob Eliane kam, und trat dann auf die Straße hinaus. Es war kühl. Der Himmel, obwohl sternenübersät, war finster. Ein leichter Wind ging durch die verlassene Straße. »Ich werde dieses Kind noch erschrecken«, dachte er. »Ich bin ja lächerlich. Ich hätte sie bei Madame Aspi nur anzusprechen brauchen.« Er überquerte die Straße und blickte zu den Fenstern im dritten Stock. Sie waren hell erleuchtet. Durch die Scheiben drangen gedämpfte Stimmen und Gelächter in die Nacht. Einen Moment lang ging ihm der Gedanke durch den Kopf, wieder zu Madame Aspi hochzugehen. »Nein, nein, unmöglich. Und außerdem, sobald ich dort eintrete, wird Eliane gehen. Ich habe mich wie ein Kind benommen.« Doch eine Ahnung munterte ihn wieder auf. Er stellte sich jetzt vor, daß Eliane, die zuvor unbedingt nach Hause wollte, sich doch noch bei den Kameradinnen aufhielt, für die sie freilich nur geringe Sympathie empfand, um ihm zu ermöglichen, ihr vorauszugehen und sie zu erwarten. Er überquerte noch einmal die Straße und postierte sich vor dem Hauseingang, tat so, als suche er etwas in seinen Taschen, damit es, wenn sie plötzlich erschien, einen Vorwand für sein Herumstehen gab. Auf einmal spürte er, wie ihm das Blut zu Kopfe stieg. »Wenn das stimmte,

wäre sie längst da. Ich bin verrückt, daß ich mir solche Gedanken mache. Sie weiß nicht einmal, daß es mich gibt. Sie wird weggehen, ja, jetzt sofort, in irgendeiner Begleitung, ja, in Begleitung dieses Herrn, der unbedingt wissen wollte, ob sie Freundinnen hat. Möglich auch, daß sie auf ihre Mutter wartet, die sie abholen kommt. Das wäre noch drolliger und außerdem viel logischer. Andernfalls kann ich mir nicht erklären, woher ein junges Mädchen sich die Freiheit nimmt, abends um elf allein nach Hause zu gehen.«
Pierre Neuhart befand sich in einem derartigen Zustand der Nervosität, daß er einen Moment lang daran dachte, zu verschwinden, gedankenlos vor sich hinzutrotten, um alles zu vergessen und die Nacht irgendwie, aber weitab von allem, was ihn an das Mädchen hätte erinnern können, zu beenden. Doch fehlte ihm der Mut dazu. Plötzlich schien ihm, als ginge die große, schwere schwarze Haustür langsam auf. Bis er erkennen konnte, wer die Tür öffnete, hätte er eine bestimmte Haltung einnehmen können, zu gehen etwa, oder sich mit irgend etwas zu beschäftigen. Aber er rührte sich nicht, sondern hielt den Blick auf die sich vergrößernde Öffnung fixiert – ohne daß ihm eingefallen wäre, er könne plötzlich Monsieur de Petitepierre oder Mademoiselle Duphot gegenüberstehen. Er blickte in die Dunkelheit, auf eine Stelle ungefähr in Höhe seiner Brust, um dort sofort das Mädchen sehen zu können, wenn es aus dem Dunkel kam, doch als sie plötzlich erschien, befand sie sich an einem viel höheren Punkt, denn eine

kleine, in den Portalflügel eingelassene Tür war aufgegangen, und Eliane war, statt über die Schwelle hinwegzutreten, auf sie hinaufgestiegen. Von dort sprang sie auf die Straße. Dieses unwichtige Detail nahm für ihn eine derartige Bedeutung an, daß er unwillkürlich sagte:

– Haben Sie sich auf die Schwelle gestellt?

Dies war der erste Satz, den er an das Mädchen richtete.

Sie antwortete nicht und schien erst, nachdem er diese Frage gestellt hatte, über seine Anwesenheit überrascht.

Pierre Neuhart wußte nicht, wie er sich verhalten sollte, wobei gleichzeitig die große Freude darüber, daß sie ganz allein in seiner Nähe war, seine innere Anspannung ein wenig milderte. Dennoch traute er sich kein weiteres Wort mehr zu. Eliane hingegen schien viel unbefangener zu sein als bei Madame Aspi, wo sie gelegentlich etwas schüchtern gewirkt hatte. Sie war natürlich, und alles in ihrem Wesen drückte aus, daß sie die Unhöflichkeit fürchtete, diesen Mann, für den sie ja ein Kind war, unvermittelt stehenzulassen. Statt sie die Augen niederschlagen oder sie erröten zu lassen, verlieh ihr die Verlegenheit eine Art Trotz. Sie blickte Pierre Neuhart unschuldig an.

– Ich wußte, daß Sie auf mich warten, sagte sie lächelnd. Sie sind wie meine Mutter. Sie wollen auch nicht, daß ich abends alleine nach Hause gehe.

Diese Anteilnahme schien ganz selbstverständlich für sie zu sein. In ihrem Gesicht war nicht das geringste Mißtrauen abzulesen. Sie tat, als kenne sie den wahren

Grund seines Wartens nicht, als sei er dem ähnlich, der ihre Eltern oder einen Freund der Familie veranlaßt hätte, sie abzuholen.

– Wissen Sie, fuhr sie fort, wenn Sie mich gerne bis nach Hause begleiten möchten, dann habe ich nichts dagegen. Doch wenn es Ihnen lästig ist, dürfen Sie sich keinen Zwang antun. Ich gehe öfters abends aus. Mama ist da sehr großzügig. Und ich habe nie Angst, alleine nach Hause zu gehen.

– Ihre Mutter läßt Sie also nach Belieben aus dem Haus?

– Aber natürlich!

– Aber Sie sind noch ein Kind, bemerkte Pierre, den diese Widersprüche überraschten. Ich weiß zwar nicht, wie alt Sie sind, aber gewiß noch keine zwanzig.

– Ich bin siebzehn. Das heißt, ich bin vor zwei Monaten siebzehn geworden.

– Und Sie gehen abends ganz alleine aus?

Sie sah Pierre Neubart erstaunt an.

– Was ist Schlimmes dabei?

Während sie sprach, hatte sie etwa hundert Schritte in die entgegengesetzte Richtung ihres Heimwegs gemacht. Plötzlich rief sie wie jemand, der einen Irrtum bemerkt:

– Aber ich begleite ja Sie, Monsieur. Das ist bestimmt Ihr Weg. Ich gehe jetzt zurück.

– Das ist nicht Ihre Richtung?

– Nein, nein, nein.

Pierre Neuhart glaubte zu wissen, daß sie aus lauter Respekt vor ihm mitgegangen war. Er war zutiefst gerührt. »Weil ich ohne Zögern diese Richtung einge-

schlagen habe«, dachte er, »hat sie sich nicht getraut zu sagen, daß es nicht die ihre ist.«
Sie kehrten um. Als sie wieder am Haus von Madame Aspi vorüberkamen, sagte Eliane:
– Bestimmt stoßen wir gleich auf meine Kameradinnen.
– Auf Ihre Gefährtinnen!
– Sie haben also gehört, wie ich das gesagt habe? Wo haben Sie denn gesteckt, Monsieur? Ich habe Sie nur einmal gesehen, da redeten Sie mit Monsieur de Petitepierre.
Doch Pierre Neuhart hörte nicht zu. Ihm ging durch den Kopf, daß sie tatsächlich Gästen von Madame Aspi begegnen könnten, die Eliane besser kannten als er und für die sie ihn womöglich unvermittelt stehengelassen hätte.
– Sie wissen, es ist spät. Wir sollten etwas schneller gehen. Ihre Mutter wird sich Sorgen machen.
– Ach, Mama, die schläft...
Pierre Neuhart hatte vollkommen vergessen, wer er war. Er hatte das Gefühl, daß ihn wie in einem Traum im nächsten Augenblick, den er jetzt aber noch nicht voraussehen konnte, ganz außergewöhnliche Ereignisse zum glücklichsten oder zum unglücklichsten Menschen der Welt machen würden. Er fragte sich, ob er tatsächlich nicht alleine war, so sehr war die Einsamkeit wirklicher für ihn als diese Person an seiner Seite. Er wandte den Kopf, und sowie er Eliane gewahrte, raste sein Herz. Dies Mädchen, das in Madame Aspis Salon so oft hin- und hergegangen war, sich einmal setzte, dann wieder erhob, stehenblieb, dies Mädchen

ging jetzt neben ihm, im gleichen Schritt, zum selben Ort. Es kam ihm so unglaublich vor, daß er ihre Gegenwart von neuem in Zweifel zog. Wieder betrachtete er sie. Sie war da. Sie ging immer noch geradeaus.

– Sie wohnen sicher hier in der Gegend? fragte er.

– Rue Rosa-Bonheur.

– Was für ein hübscher Name für eine Schauspielerin!

– Für eine *Malerin*, wollen Sie sagen...

Er errötete über seine Unwissenheit und verstummte. Eliane bemerkte nichts davon, voll und ganz damit beschäftigt, ihre Jugend zu verbergen. Sie wollte unbefangen wirken, und dies um so mehr, als sie sich ihrer Leichtfertigkeit bewußt wurde, je weiter sie sich von dem Haus der Madame Aspi entfernte. Sie schämte sich deshalb. Sie war einsilbig geworden, bewahrte ihr freundliches Gesicht allerdings weiterhin. Zuweilen, wenn ein Lichtschein auf die beiden fiel, blickte sie auf und sah ihren Begleiter an, als ob sie ihn erst jetzt, in dieser Nacht kennengelernt und gern gewußt hätte, wie sein Gesicht aussah. Trotz allem war ersichtlich, daß er Eindruck auf sie machte. Daß ein Mann dieses Alters, in einer beruflichen Position, die sie weitaus höher einschätzte, gerade ihr gegenüber so aufmerksam war, schmeichelte ihr. Sie bemühte sich, dieser Anerkennung auch gerecht zu werden. Obwohl sie hübsch war, war sie ihrer Jugend wegen weit davon entfernt zu glauben, dies allein reiche schon aus, solch ein Interesse zu bewirken. Außerdem hatte sie das Gefühl, eine Erwartung zu enttäuschen, und als sich ihre Blicke trafen, lag in ihrem mehr Ergebenheit als in seinem.

Als sie das Haus erreichten, das sie mit ihrer Mutter

bewohnte, blieb sie stehen. Die Fassade war alt und grau.
– Ich verlasse Sie jetzt, Monsieur. Danke, daß Sie mich begleitet haben.
Während Pierre Neuhart sich das Haus ansah, um sich daran erinnern zu können, fügte sie hinzu:
– Sie kennen nicht zufällig eine Wohnung? Mama und ich suchen schon seit Jahren eine andere.
– Sie müssen damals noch sehr klein gewesen sein.
– Sie machen sich lustig über mich, nicht wahr? Ich sehe schon lange aus wie jetzt. Ich bin sehr früh groß geworden.
– Aber ja, ich kümmere mich darum, sagte Pierre Neuhart, den diese Bitte freudig stimmte, weil sie ihm den Vorwand gab, eine Beziehung mit dem Mädchen zu unterhalten. Morgen treffe ich Freunde. Möchten Sie, daß wir uns übermorgen wiedersehen? Wo wäre es Ihnen am liebsten?
– Ich weiß nicht, Monsieur.
– Wäre es Ihnen recht, wenn ich Sie im *Old India* an der Place de la Madeleine erwarte, zum Beispiel gegen vier?
– Wenn Sie wollen. Aber jetzt muß ich ins Haus.
Sie läutete. Ihre Augen funkelten. Er bemerkte, daß sie zitterte, und glaubte, sie würde gleich anfangen zu weinen. Als sie ihm die Hand reichte, nahm er sie sanft und bat inständig darum, auch bestimmt zu kommen. Sie erwiderte nichts, und plötzlich spürte er, daß seine Hand unter ihrem Druck schmerzte. Doch er fand keine Gelegenheit mehr, ihr noch ein Wort zu sagen: im selben Augenblick war sie entschwunden.

3

Eliane Gelly war ein seltsames, verängstigtes, ebenso herrschsüchtiges wie schicksalergebenes Kind, das trotz allem zu den merkwürdigsten Unbesonnenheiten fähig war. Nach dem Tod ihres Vaters, eines sorglosen Mannes, der eines Ausdrucks seiner Frau zufolge glaubte, »er würde immer leben«, bezogen Eliane und Madame Gelly eine bescheidene Wohnung in der Rue Rosa-Bonheur. Dieser Wechsel der Verhältnisse berührte Madame Gelly so sehr, daß sie mit der Zeit immer verbitterter wurde. Daran gewöhnt, im Wohlstand und unter dem Schutz eines agilen, verschwenderischen und eigenwilligen Mannes zu leben, der mit seinen Plänen, seinen Freunden, seiner guten Laune Leben in die Wohnung brachte, war sie nunmehr mit ihrer achtjährigen Tochter ganz auf sich allein gestellt, ohne andere Mittel als jene, die ihr eine Familie zukommen ließ, von der sie einst beneidet wurde. Daher ging sie auch fast nie aus, so sehr war ihr der Anblick des Glücks der anderen verhaßt. Sie hatte sich abgekapselt. Von einigen Beziehungen abgesehen, unter denen sich auch Madame Aspi befand, unterhielt sie keinen weiteren Kontakt. Zu oft schon hatten der Zufall oder die Ereignisse ihren Elan gebremst, so daß sie sich momentan für nichts mehr interessieren mochte. Dabei war sie noch jung. Aber sie hatte alle Koketterie und jedes Verlangen abgelegt. Ihr Bedürfnis nach Ruhe hatte krankhafte Züge angenommen. Das geringste

Geräusch, die kleinste Schwierigkeit, der mindeste Verstoß gegen alltägliche Gepflogenheiten erregten sie bis zur Raserei – sie, die doch sonst die Ruhe selbst gewesen war. Sie verlor die Selbstbeherrschung, und die Lust, all ihre Habseligkeiten auf die Straße zu werfen, bemächtigte sich ihrer immer mehr, denn sobald irgend etwas nicht nach ihrem Wunsch verlief, sprach sie vom Sturz aus dem Fenster. Damit es so weit gar nicht erst kam, hielt sie sich ständig selbst unter Kontrolle. Sie war indes so schwach, daß ihre guten Vorsätze sich beim geringsten Anlaß in nichts auflösten. Es brauchten nur die Mieter des Hauses umzuziehen, schon fand sie keinen Schlaf mehr und litt, als hätte man sie um alles beraubt. Der Gedanke, daß man in ihrer Nähe kam und ging, daß man gern fortzog oder sich neu einrichtete, war unerträglich für sie. Hätte sie es sich leisten können, sie wäre aufs Land gezogen und erst einen Monat später zurückgekehrt. Stieß sie bei ihren Besorgungen auf Kinder, die das Trottoir versperrten, war sie den ganzen Tag verstimmt. Sie vermochte sich nur mit Zählen abzulenken. Bevor sie aus der Wohnung ging, berechnete sie bis auf fünf Centîmes, was sie die Einkäufe kosten würden. Selbst bei am knappsten kalkulierten Preisen versuchte sie noch, ein paar Münzen einzusparen. Diese winzigen Beträge, die sie den Händlern durch ihr Feilschen noch abringen konnte, tat sie beiseite, bis sie ihr erlaubten, etwas Nützliches davon zu kaufen. Gewissensbisse kannte sie nicht. Genauso ging es mit dem Geld, das ihr der Verkauf alter Zeitungen einbrachte und das sie mit einer Schadenfreude ausgab, als hätte sie in diesem Moment Rache ausgeübt.

Eliane wuchs also an der Seite einer verbitterten Mutter auf, bei der inzwischen erste Zeichen von Verfolgungswahn auftraten. Die Pracht von einst hatte sich ihr ins Gedächtnis geprägt und wehrte sich – auch wenn sie im Lauf der Jahre immer verschwommener wurde – gegen das mediokre Leben, das an ihre Stelle getreten war. Obwohl Eliane sich an den vergangenen Wohlstand kaum erinnern konnte, erträumte sie sich heute genau dasselbe Leben, das sie ohne den Tod des Vaters kennengelernt hätte, als hätte sie der Umschlag der Verhältnisse, der so unerwartet vor zehn Jahren eingetreten war, bereits als Frau überrascht. Musik, Tanz und Gesang gefielen ihr. Sie träumte davon, eine große Schauspielerin zu werden, mit Blumen und Verehrung überhäuft. Wie diese Inhaber kleiner Anlagewerte, die darauf spekulieren, daß der Anstieg eines von ihnen sie einmal für ihre Verluste entschädigen wird, gab Madame Aspi diesem ebenso wie anderen jungen Mädchen Gratisstunden und setzte auf den Erfolg einer einzigen von ihnen, und dies um so mehr, so dachte sie, als sich das Glück ja jederzeit ändern kann.

Kaum war sie vierzehn Jahre alt, behandelte Elianes Mutter sie schon als Frau. Madame Gelly fragte ihre Tochter nie, was sie tagsüber getrieben oder wen sie besucht hatte. Sie ließ sie sich kleiden, wie es ihr gefiel, tadelte sie nicht, wenn sie sich puderte oder wenn sie alle zwei Wochen ihre Frisur änderte. Madame Gelly hatte ihr Schicksal akzeptiert. Wenn sie Eliane gegenüber einen bestimmten Willen hätte durchsetzen wollen, hätte sie das Gefühl gehabt, sich auflehnen zu müssen. Alles beruhte auf Zufall, dachte sie. Die Zukunft war bereits vorausbestimmt. Was würde es auch nützen, sich den unsichtbaren Mächten entgegenzustemmen, an die sie mit jedem Tag mehr glaubte, nachdem ihr Gatte, wie sie meinte, ihnen zum Opfer gefallen war.

Eliane wuchs allein heran. Sie verbrachte ihre Tage draußen, in Museen, in Ausstellungen, bei Freundinnen, deren Eltern ihren Vater noch gekannt hatten. Sie kehrte nur zu den Essenszeiten nach Hause zurück, nicht ohne eine gewisse Furcht, denn immer, wenn sie von einer Freundin kam, bei der sie zum Tee gewesen war, stach ihr der Kontrast zur eigenen Wohnung, die so trist und unbehaglich war, noch stärker in die Augen. Die schlimmste Zeit im Jahr waren für sie die großen Ferien. Ihre Freundinnen waren verreist, und sie, allein in Paris, hatte dann das Gefühl, das jene, die es schon in jungen Jahren kennenlernen, nie verläßt: ein Leben »im Abseits« zu führen.

Nachdem sie sich von Pierre Neuhart verabschiedet hatte, stieg sie so schnell wie möglich die Treppe hinauf, nahm ihren Schlüssel (sie besaß einen eigenen) und ging hinein. Ihre Mutter saß im Eßzimmer über einer Näharbeit, obwohl Eliane behauptet hatte, sie würde schlafen. Eliane ging zu ihr und gab ihr einen Kuß. Madame Gelly hob nicht einmal den Kopf, sondern beugte sich, als der Schatten ihrer Tochter auf ihre Arbeit fiel, nur ein wenig vor, um sich nicht unterbrechen zu müssen. Es herrschte ein Durcheinander, das man in einer Wohnung, die von einer Frau und einem jungen Mädchen bewohnt wird, nicht erwartet hätte. Zusam-

mengerollte Teppiche waren gegen eine Wand gelehnt. Auf jedem Stuhl lag irgendwas. Das zurückgeschlagene Tischtuch bedeckte gerade die Hälfte des Tisches. Auf dem unbedeckten Teil standen noch die Teller vom Abendessen. Der Geschirrschrank war mit Kartons und unförmigen Paketen überladen, die mit unverhältnismäßig dicken Kordeln zusammengebunden waren. Der Boden war mit Garnresten, Stoffdreiekken, Garnrollen und abgetrennten Etiketten übersät.
Eliane blieb einen Moment lang unbeweglich stehen und ging dann ihrer Mutter auf deren ausdrücklichen Befehl »aus dem Licht«. Sie schien dieser Umgebung überhaupt nicht anzugehören, benahm sich dort wie eine junge Frau bei einer Schneiderin. Zweifellos fühlte sie auch so, denn jedesmal, wenn sie nach Hause kam, konnte sie sich erst dann dazu entschließen, den Hut abzunehmen und die Handtasche beiseitezustellen, nachdem sie eine halbe Stunde in der Wohnung umhergeirrt war.
– Brauchst du mich noch? fragte sie ihre Mutter.
Madame Gelly schüttelte den Kopf. Eliane schaute sie noch einen Moment lang an. Sie zögerte spürbar, so ohne ein weiteres Wort schlafen zu gehen. Schließlich sagte sie in der Hoffnung, daß die Mutter doch noch mit ihr sprach:
– Ich geh jetzt in die Heia ... ins Heiabettchen ...
– Gut, erwiderte Madame Gelly nur.
Eliane ging in ihr Zimmer. Es sah nicht aus, als sei es von einem Mädchen bewohnt. Ein riesiger Glasschrank verdeckte eine ganze Wand. Und um die schweren Möbel zu beleuchten, hing von der Decke

eine kleine Glühbirne ohne Schirm. In einer Ecke immerhin befand sich ein Tisch, den eine von Eliane liebevoll arrangierte Blümchendecke schmückte. Auf dem Tisch, gegen die Wand gerückt, stand ein kleines lackiertes Gestell, dessen Fächer eine Blende verzierte und dessen hinterer Teil mit einem gefältelten Stoff bezogen war. Darin lagen Nippsachen, ein paar Bücher und Fotografien. Auf dem Tisch, an der Stelle gegenüber dem Stuhl, lag eine Schreibmappe aus Leder, dahinter standen ein Federkästchen, ein Tintenfaß und eine enghalsige Vase, die Platz für eine einzige Blume bot. Eliane war erst ein paar Minuten in ihrem Zimmer, als ihre Mutter eintrat.

– Weißt du, Eliane, du solltest mit dem Nähen weitermachen. Man darf sich auf keinen verlassen. Mit guter Arbeit bist du gegen das Leben gefeit.

Madame Gelly hielt ihre Arbeit in der Hand. Nachdem sie sehr ruhig diese paar Worte ausgesprochen hatte, verließ sie schweigend den Raum.

Wieder allein, setzte Elaine sich an ihren kleinen Tisch und schien vor sich hinzuträumen. Um diese Zeit hinterließ die Müdigkeit ihre Spur. Sie schien nicht begriffen zu haben, was ihre Mutter gerade gesagt hatte. Sie verharrte, offenbar in Gedanken vertieft, eine ganze Weile regungslos. Dann rieb sie auf einmal mit einer kindlichen Geste ihren rechten Arm, der eingeschlafen war – eine eher unbeherrschte Bewegung, die darauf schließen ließ, daß sie nur vom Gedanken herrührte, sich von diesem unangenehmen Gefühl zu befreien. Schließlich stand sie auf. Ganz behutsam, als befürchtete sie, gehört zu werden, öffnete sie das Fenster.

Nachdem sie sich vorsichtig hinausgelehnt hatte, schaute sie auf die leere Straße. Dann stützte sie sich auf den Fensterrahmen und regte sich nicht mehr. Ein abwechselnd warmer und kühler Wind streichelte ihr Gesicht. Mondbeschienene Wolken schwebten am Himmel, der einer Polarlandschaft ähnlich sah. Plötzlich fror sie. Sie zog die Vorhänge zu, tat ein paar Schritte, legte sich nieder und brach unvermittelt in Tränen aus. Sie fühlte sich ganz allein auf der Welt. Kein Mensch kümmerte sich um sie. In ihrer mädchenhaften Naivität glaubte sie, daß sogar dieser Mann, der sie nach Hause begleitet hatte, sie nicht mehr wiedersehen wollte, wenn er gewußt hätte, welch ein Zimmer sie bewohnte. Sie weinte noch heftiger. Es schlug ein Uhr. Sie erhob sich und ging wieder zum Fenster zurück. In einem Neubau auf der gegenüberliegenden Straßenseite war ein Stockwerk erleuchtet. Dort ging eine Frau im Abendkleid auf und ab. Plötzlich schleuderte diese Unbekannte einen Gegenstand von sich fort. Diese Bewegung rief bei Eliane, ohne daß sie den Grund hätte erklären können, eine derartig nervöse Reaktion hervor, daß sie sich abrupt vom Fenster abwandte, vor Wut mit den Füßen zu stampfen begann und die Hände rang, als wolle sie sie zerquetschen.

– Mama, schrie sie mit gellender Stimme.

Die Hände auf den Mund gepreßt und mit rastlosem Blick lauschte sie, als fürchte sie jetzt, ihre Mutter habe sie gehört. Doch nichts regte sich. Ein Schütteln erfaßte sie von Kopf bis Fuß.

– Mama, schrie sie erneut.

Und wieder hoffte sie, daß ihr Schrei nicht gehört wor-

den war. Aber sie konnte Schritte vernehmen. Wie eine Wahnsinnige warf sie sich auf ihr Bett und brach in Schluchzen aus.
– Aber was hast du denn, Eliane?
Madame Gelly war an der Türschwelle stehengeblieben. Als sie sah, daß ihre Tochter das Gesicht im Kopfkissen vergrub, trat sie heran und streichelte, ohne sich dabei vorzubeugen, die Schulter ihres Kindes.
– Na, was denn? Beruhige dich... Was ist denn heute nur wieder los mit dir. Ich hole dir etwas Wasser.
Ohne Eliane weiter Beachtung zu schenken, ging Madame Gelly in aller Ruhe ein Glas Wasser holen, als sei das, was soeben vorgefallen war, eine Alltäglichkeit.
Das junge Mädchen, dem vom eigenen Schluchzen die Ohren rauschten, hatte nicht bemerkt, daß die Mutter gegangen war. Allmählich beruhigte sie sich wieder.
– Mama! rief sie leise, das Gesicht noch immer in das Kissen gedrückt.
Sie erhielt keine Antwort, und ihre Beine, die unaufhörlich gezittert hatten, beruhigten sich.
– Mama! rief sie nach einer Weile noch einmal lauter.
Schließlich glaubte sie, ihre Mutter antworte absichtlich nicht. Ein paar Sekunden lang stand ihr Atem still, dann bekam sie einen neuen Anfall.
– Mama! Mama! Mama! begann sie wieder aus Leibeskräften zu rufen.
Als Madame Gelly zurückkam, sah sie ihre Tochter im Bett sitzen, reglos, mit ernstem Gesicht und zerzaustem Haar.
– Willst du mir endlich sagen, was du hast? fragte sie

müde. Du solltest eigentlich ausgezogen sein, im Bett liegen und schlafen!
Eliane schien nicht zu hören. Ihre Mutter führte das Glas an ihren Mund. Sie öffnete ihn einen Spalt, trank aber nicht. Madame Gelly hob das Glas ein wenig an, und das Wasser tropfte, nachdem es über ihr Kinn gelaufen war, auf Elianes Brust.
– Willst du nicht trinken?
Eliane antwortete nicht. Eine Strähne fiel ihr ins Gesicht. Sie starrte aber nur vor sich hin. Aus dem, was vorher Sanftheit und Traurigkeit gewesen war, brach plötzlich Wut hervor.
– Laß mich in Ruhe, laß mich in Ruhe...
– Du sollst schlafen, sage ich dir, wiederholte Madame Gelly. Ich gehe jetzt auch zu Bett.
Sie stellte das Glas Wasser hin, warf einen letzten Blick auf ihre Tochter und begab sich so leise, wie sie gekommen war, zur Tür. Doch ehe sie das Zimmer verließ, blieb sie stehen, sah ihr Kind noch einmal aufmerksam an und stellte dann den Lichtschalter aus. Reglos im Dunkeln stehend lauschte sie. Als sie nach einer kurzen Weile noch immer keinen Laut vernahm, machte sie wieder Licht. Eliane befand sich in derselben Haltung wie zuvor.
– Du willst dich also nicht hinlegen? fragte Madame Gelly und verschwand damit im Flur.
Als Eliane wieder allein war, verharrte sie noch einen Moment lang regungslos. Dann kam wieder Leben in ihr Gesicht. Die Lippen öffneten sich, ihr Blick fiel auf verschiedene Punkte im Raum. Sie stand langsam auf und machte ein paar Schritte. Sie war wieder bei sich.

Sie strich die lästige Strähne aus ihrem Gesicht und begab sich, als wäre nichts vorgefallen, ins Eßzimmer. Sie starb vor Hunger. Mit einer Scheibe Brot kehrte sie in ihr Zimmer zurück. Es schlug zwei. Es hätte zwei Uhr am Nachmittag sein können – sie wäre nicht weiter überrascht gewesen. Manchmal fielen ihr die Augen zu, und wenn sie sie wieder aufschlug, waren sie ein paar Sekunden lang vollkommen ausdruckslos. Als sie die Scheibe Brot verzehrt hatte, betrachtete sie sich in einem Spiegel. Sofort senkten sich ihre Lider. Als sie sie wieder hob, war ihr, als habe alles, was an Farben an ihr war, ihre Lippen, ihre Pupillen, ihr Haar, einen Stich ins Graue angenommen. Sie atmete bereits so sanft wie eine Schlafende. Dennoch wollte sie nicht ins Bett. Sie begann auf- und abzugehen, und weil ihre Augen wieder geschlossen waren, stieß sie gegen einen Stuhl. Sie schreckte hoch und sah das Möbelstück verwundert an. Mit aller Kraft kämpfte sie gegen den Schlaf. Es war ein Charakterzug von ihr, dermaßen grundlos gegen Tatsachen anzukämpfen. Sie kehrte zum Spiegel zurück. Die Lider halb geschlossen, schwankte sie, streckte zuweilen eine Hand vor, um sich zu stützen. Alles um sie herum drehte sich schließlich. Nochmals versuchte sie, dem Schlaf zu widerstehen, und strich, weil sie sich noch immer vor dem Spiegel wähnte, mechanisch über ihr Haar. Aber sie konnte nicht mehr. Halb ohnmächtig zog sie ihr Kleid aus, löschte das Licht, machte ein paar Schritte, ließ sich aufs Bett fallen und schlief noch in dem Moment ein, in dem ihr Kopf das Kissen berührte.

4

Seit dem Tag, an dem er sich von Eliane auf der Rue Rosa-Bonheur verabschiedet hatte, hatte Pierre Neuhart in einer Art Trunkenheit gelebt. Das Leben, das er bis jetzt geführt hatte, erschien ihm widerlich, so daß er sich wunderte, daß es ihm nicht bereits früher aufgefallen war. Er fand sich unter Leuten wieder, zu denen er gewisse Beziehungen unterhielt und erkannte sich selbst nicht mehr. Die flüchtigen Erlebnisse waren trist; auch die schönsten Erinnerungen ließen ihn kalt. Außer Eliane zählte nichts mehr. Er hatte das Gefühl, daß sich niemand für ihn interessierte, daß er nicht einmal gesehen wurde, als hätte das Glück ihn dünn und durchsichtig gemacht und gleichgültig für jedermann. Zwischen ihm und den anderen war eine neue Distanz entstanden. Wie aus der Ferne nahm er die, die sich weiterhin plagten und ohne aufzublicken arbeiteten, als unbedeutende Gestalten wahr, denn außergewöhnlich war an seinem Glück, daß es keinen Neid erzeugte. Er schäumte über vor Freude. Seiner Aufwartefrau erzählte er die verrücktesten Geschichten, so daß die verdutzte Alte nicht begriff, was in ihn gefahren war. Eines allerdings war unangenehm: Simone. Ihr weiblicher Instinkt hatte sie bei dem, was vorgefallen war, nicht im Stich gelassen. Um ihren Chef zu ernüchtern, hatte sie gesagt: »Ihnen wird das Lachen schon noch vergehen! In drei Monaten sprechen wir uns wieder.« Diese Worte brachten Pierre

Neuhart auf den Boden der Tatsachen zurück, und wenn er nicht befürchtet hätte, sich noch weiter zu verraten, hätte er sich auf der Stelle bei ihr bedankt. Um jeden Verdacht zu zerstreuen, kam er dann am Nachmittag zur gewohnten Zeit ins Büro und zwang sich zu einem ernsten Gesicht. Bei der erstbesten Gelegenheit ließ er die Bemerkung fallen: »Heute morgen war ich gutgelaunt, aber Sie hatten recht, das geht vorbei.« Als Simone erwiderte: »Ich hatte es Ihnen doch gesagt«, verspürte er eine große Erleichterung, so unerträglich war ihm der Gedanke gewesen, jemand könne sich wünschen, sein Glück möge nicht von Dauer sein. Am Abend speiste er in einem Restaurant und ließ sich anschließend in eines der großen Cafés auf den Boulevards chauffieren. Die Menge, in der er sich wiederfand, tat ihm gut. Er hatte etwas mehr als sonst getrunken. Bisweilen zog ein Passant seine Aufmerksamkeit auf sich, doch wenn Elianes Bild dann wieder vor ihm erschien, überkam ihn ein solches Glücksgefühl, daß er sogar auf einer menschenleeren Straße, mitten im Regen, irgendwo, ebenso glücklich gewesen wäre – er, der bis jetzt den unangenehmen Örtlichkeiten, den abgelegenen Vierteln, allem eben, was langweilig war, doch vorsorglich aus dem Wege ging. Er hütete sich allerdings, an die Verabredung zu denken, damit die Befürchtung, versetzt zu werden, ihm nicht den ganzen Abend verdarb. Manchmal jedoch beschlich ihn diese Angst. Dann hielt er es für dermaßen grausam, nicht zu kommen, für dermaßen gemein, und alle hätten dies einstimmig als so schäbig und feige angesehen, daß es ihm wiederum ganz unmöglich vorkam, ein solch zartes Kind könne die Verachtung aller Leute auf sich ziehen. Schöne Frauen ließen ihn kalt, und sie anzusehen und nicht zu begehren, war wie eine Rache für ihn. Im übrigen war ihm auch alles andere egal, die Zeitungen, die Politik, für die er sich bestenfalls wie ein Gefolgsmann eines Diktators interessierte. Als er abends zurückkam, fand er einen Rohrpostbrief von Simone vor: »Monsieur Cillé hat wegen einer Bestellung angerufen«, schrieb sie, in schlechter Laune offenbar. »Er ruft morgen früh um neun Uhr wieder an. Das sollte ich Ihnen sagen.« Das war alles. »Eine Glückssträhne!« dachte Pierre Neuhart. »Wenn's nur so weiterläuft«, fügte er hinzu, und kam damit einem oft bei ihm auftauchenden Bedürfnis nach, außergewöhnlichen Ereignissen mit einer alltäglichen Sprache zu begegnen.

*

Als Eliane das Café betrat, glaubte er, es habe ihm die Sprache verschlagen. Er hatte den Eindruck, daß seine Zunge wieder die eines Kindes geworden war und die Fähigkeit, Wörter zu bilden, eingebüßt hatte, daß es sie einfach nur wie seine Finger gab. Eine Sekunde lang, während der sich sein Blick bewundernd auf das junge Mädchen legte, dauerte dieses Gefühl. Sie trug einen Hut, der ihr die Stirn verdeckte. Eine Hand hatte sie in ihre Manteltasche gesteckt. Sie traute sich nicht, Pierre Neuhart in die Augen zu sehen. Als erstes sagte sie, daß sie beinahe nicht gekommen wäre, weil sie am Nachmittag in einem Konzert gewesen sei, das viel später, als sie angenommen hatte, zu Ende war. Sie setzte sich wie jemand, der nur ein paar Minuten Zeit erübrigen kann. Sie war sichtlich verlegen. Wenn sie sprach, schaute sie sich um, und sobald sie Pierre ins Gesicht sah, senkte sie den Kopf. Unvermittelt wechselte sie den Platz und sagte: »Ich sitze lieber dort.« Sie war so nervös, daß sie ihre Handtasche fallen ließ. Als Pierre Neuhart sie aufhob, errötete sie bis über beide Ohren. Das Alter und der Ernst ihres Gegenüber imponierten ihr. Die Beachtung, die er ihr schenkte, machte sie befangen. Er behandelte sie wie eine Frau, während sie doch, wenn sie den Herren vorgestellt wurde, immer noch aufstand und ihnen die Hand reichte. Dieser Mann mußte in ihrem Gesicht lesen können. Er konnte ihre Gedanken erraten. Sicherlich war es diese Zuvorkommenheit, die sie bereits an älteren Leuten hatte beobachten können, die ihn so liebenswürdig machte. Doch wenn sie so errötete bei diesem Rendezvous, erinnerte sie sich nicht mehr daran, wie kräftig sie ihm neulich abends die Hand gedrückt hatte. Unbewußt hatte sie ihre Nervosität gegenüber deren Verursacher abgelegt, und weil sie gewissermaßen ihrem Instinkt gehorchte, hatte sie es nicht einmal bemerkt.

– Ich fürchtete schon, Sie würden nicht kommen, sagte Pierre Neuhart, der aus Sorge, das junge Mädchen zu verletzen, jedes Wort auf die Goldwaage legte, ehe er zu sprechen begann.

– Um ein Haar wäre ich auch nicht gekommen, sagte Eliane, als wolle sie sich für ihre Anwesenheit entschuldigen. Außerdem muß ich bald wieder gehen.

Sie hatte nicht gewagt zu sagen: »... muß ich sofort

wieder gehen«. Ihre Befürchtung, unhöflich zu wirken, war rührend.

*

In den darauffolgenden Wochen hielt sie jedenfalls alle Verabredungen ein, die Pierre Neuhart mit ihr traf. Allmählich legte sich ihre Schüchternheit. Die Liebe, die sie an der Sanftheit in seiner Stimme ablas, an seinem strahlenden Gesicht, wenn sie erschien, an seiner Ungeduld, wenn er auf irgendeine freundliche Antwort wartete, machte ihr keine Angst, weil sie im Verborgenen blieb und sich nie anders zeigte. Langsam gewöhnte sie sich an ihn. Sie wurde sich auch mehr und mehr ihrer Macht bewußt. Als sie begriffen hatte, daß nur ein einziges Wort genügte, damit dieser Mann gehorchte, ging sie wie zu einer Freundin zu ihm. Sie erzählte ihm, was sie alles unternahm. Doch über ihre Mutter sprach sie nie. Ihr Selbstgefühl verbot ihr, die Wahrheit zu sagen. Sie schämte sich ihrer Familienverhältnisse. Wenn Pierre Neuhart sie manchmal danach fragte, konnte sie erschreckend ruhig lügen, und sie verstieg sich sogar zu der Behauptung, ihre Mutter sei eine große Schauspielerin gewesen, mit einem Pseudonym, das er gewiß kenne, das sie ihm aber aus irgendwelchen obskuren Gründen nicht verraten wollte, und vor ihrem Abschied von der Bühne hätten sie beide ein Stadtpalais in Auteuil bewohnt. Dann erzählte sie aus ihrer Kindheit, nannte die Anzahl ihrer Gouvernanten, erfand Reisen. Pierre Neuhart hörte mit Entzücken zu. In ihrer Gegenwart fühlte er sich zwar grob und plump, doch seine Liebe konnte dadurch nur wachsen. Auch er hätte gerne über Musik und Kunst geredet, doch der Themenbereich, der ihm zugänglich war, kam ihm beklagenswert unbedeutend vor. Wenn er allein war, dachte er nach. »Wahrscheinlich hat sich mittlerweile ihre finanzielle Situation verändert«, meinte er. »Sie müßten eigentlich aus der Zeit vor dem Krieg Anlagen haben. Der Vater ist tot, die Mutter alt.« Das richtete ihn auf. Denn er glaubte, allein seine Stellung, seine Arbeit und seine Tüchtigkeit könnten Eliane imponieren. Wie sollte es auch anders sein – schließlich war er nicht mehr der Jüngste; und hatten nicht die Fabriken und der Krieg für seine ungehobelte Natur gesorgt? Ebensowenig wie Eliane daran glauben mochte, daß er sich ihrer Schönheit wegen für sie interessierte, ebensowenig kam es ihm in den Sinn, daß er durch Zartgefühl und die Tiefe seiner Liebe hätte gefallen können – Qualitäten, die man doch, wie ihm schien, überall antraf.

Er sah sie immer öfter. Er brachte ihr bald Blumen, bald Schachteln mit Bonbons, bald kleine Dinge für die Handtasche mit. Sie nahm diese Geschenke freudig an, aber nach einer kurzen Weile, als hätte sie über etwas nachgedacht, verdüsterte sich ihr Gesicht. Sie schob die Blumen und Bonbons beiseite und schien zu träumen. War die erste Freude einmal verflogen, machten die Geschenke einen seltsamen Eindruck auf sie. Die Bändchen, das zarte Papier, die kleinen Seidenkissen unter den Deckeln, die Namen der Hersteller in Goldbuchstaben – das alles schien ihr der kümmerliche Rest eines Festes zu sein, von dem sie nur ahnte, daß es so etwas gab. Zudem hing noch der

Flair eleganter Geschäfte an ihnen. Dieser Reichtum verängstigte sie, als glaubte sie, dieser Luxus sei zu kostbar, um nur aus dem einzigen Anlaß, ihr eine Freude zu bereiten, verschwendet zu werden. Dann sah sie Pierre Neuhart argwöhnisch an, versuchte zu ergründen, welch obskure Falle er ihr stellen wollte. Er begriff nicht und befühlte seine Mitbringsel, wie um zu zeigen, daß nichts Gefährliches an ihnen war. Elianes ablehnende Haltung bekümmerte ihn. Er führte sie auf ihre Erziehung zurück. Sicherlich hatte man ihr beigebracht, nichts von Fremden anzunehmen. Betrübt legte er dann die Geschenke zurück, wickelte sie wieder in dasselbe Papier, das sie zuvor begeistert aufgerissen hatte, und brachte das Gespräch auf etwas anderes. Doch schon am nächsten Tag überkam es ihn wieder, und er kaufte ein neues Geschenk. Er glaubte, sich nur dumm angestellt zu haben, als er es ihr überreicht hatte. Wenn er sie traf, hielt er nichts in den Händen, doch im nächsten Augenblick holte er etwas aus seiner Tasche hervor und legte es beiläufig dem jungen Mädchen hin. »Das ist für Sie«, sagte er und wechselte das Thema. Wenn es ihm auch gelang, sie auf eine Weise abzulenken, daß sie das Päckchen nicht anrührte, konnte er es sich beim Gehen doch nicht verkneifen, vorwurfsvoll zu fragen: »Haben Sie nicht gesehen, daß ich Ihnen etwas mitgebracht habe?« – ohne sich bewußt zu machen, wie er gerade damit verhindert hatte, daß sie es anrühren würde. Denn in seinem harten Leben hatte es noch nie etwas umsonst gegeben. Man verdiente sich alles entweder mit Arbeit oder List. Das Schenken selbst schien ihm mit solch einer Güte ausgestattet zu sein, daß er Eliane nicht ansehen konnte, ohne den Wunsch zu verspüren, ihr alles, was er besaß, zu Füßen zu legen. Und es erstaunte ihn über die Maßen, daß diese Großzügigkeit auf ein derartiges Mißtrauen stieß.

Wenn sie das Café verließen, gingen sie oft auf den großen Boulevards oder in der Gegend der Oper spazieren. Draußen fühlte Pierre Neuhart sich besser. Er hatte den Eindruck, daß Leute, die gingen, ihm ähnlicher waren als solche, die saßen, daß sein gesellschaftlicher Rang höher war; denn unter den Passanten fielen ihm Angestellte, Beamte und Arbeiter auf, seltener hingegen Menschen, deren Position ihm bedeutender erschien als die eigene. Er ahnte, daß sich Eliane inmitten dieser Menge näher zu ihm hingezogen fühlte, weil er sie beschützte, und daß sie ihm unbewußt dankbar dafür war. Er redete ununterbrochen auf sie ein – wie dieser Offizier, der beim Besuch des ihm unterstellten Forts so viel zu sagen gehabt hatte. Er erklärte ihr die Erlasse des Präfekten zur Regelung des Straßenverkehrs, die Aufgaben der Schutzmänner und wie weit ihre Rechte gingen, wie bedeutend irgendein Warenhaus war, die Gründe für die hohen Kosten von Werbeplakaten und eine Menge ähnlicher Details. Und wenn ein Thema auf das Interesse des jungen Mädchens stieß, behielt er es im Gedächtnis. Am nächsten Tag kam er mit weiteren Einzelheiten und, wenn sie allzu wißbegierig war, auch mit entsprechenden Belegen, die er höchstpersönlich aus irgendwelchen Büros bezog. Diese besprach er dann mit ihr. Nichts freute Pierre Neuhart mehr, als die Neugier des jungen Mädchens zu wecken, und vor allem: sie zu verblüffen. Nach und nach fand sie Geschmack an diesen Unterhaltungen und stellte ihm Fragen wie: »Was ist eine Bank?« Diese simple Frage reichte aus, ihn ganz kopflos zu machen. Er nahm sie dermaßen genau, daß er Eliane nach einem flüchtigen Überblick auf den nächsten Tag vertröstete. Dann verbrachte er den Abend damit, sich kundig zu machen, Erklärungen zu präzisieren, Fachausdrücke zu ersetzen, und wenn er Eliane dann wiedersah und es sie weiter interessierte, bediente er sich Skizzen und machte Zeichnungen, damit sie besser verstand. Am Ende dankte sie ihm mit einem freundlichen Lachen. Dann schaute er sie voller Bewunderung an, betrachtete unablässig alle Partien ihres Gesichts und suchte dabei dennoch, einem dunklen Instinkt gehorchend, nach einem Makel, den er freilich nicht fand. Sein Blick fiel auf die Ohren, die Zähne, die Nasenflügel, und deren Perfektion machte ihn jedesmal fassungslos. Selbst die Stirn war vollkommen. Der Haaransatz befand sich genau dort, wo er hingehörte. Wenn er sie so anschaute, erinnerte er sich bisweilen daran, wie sie ihm den ersten Abend, an dem er sie begleitete, die Hand gedrückt hatte. Dann konnte er gar nicht glauben, daß dieser Händedruck Wirklichkeit gewesen war – so sehr schien ihm das junge Mädchen entrückt, so sehr zu einer solchen Geste unfähig zu sein. Und wenn er weiter überlegte, kam er zu dem Schluß, daß sie ihm die Hand nur deshalb gedrückt hatte, weil sie das Gleichgewicht verlor, oder vielmehr, damit sie schneller fortkam und – um Schwung zu holen – sich nur bei ihm abgestützt hatte.

Bis auf die Blicke, die Zuvorkommenheit, die Geschenke, den Tadel, wenn sie eine Minute verspätet kam, war da nichts, das auf die Liebe des Pierre Neuhart hätte schließen lassen. Eliane dagegen wurde immer koketter. Gerade sie, die sich bis vor kurzem noch nicht um ihre Toilette gekümmert hatte, begann, andere Frauen genauer anzusehen, die Farbe ihres Hutes auf die ihres Kleides abzustimmen. Sie legte Puder auf mit Gebärden, die anfangs wie die aller Frauen waren, die sie am Ende aber nur nachäffen konnte.

Pierre Neuhart hatte ihr Ecart beigebracht und bat sie oft, den Zeitpunkt des nächsten Rendezvous auszuspielen. Wenn er gewann, durfte er die Zeit bestimmen, gewann sie, bestimmte sie. Doch wenn er als Sieger den Vorschlag machte, gemeinsam Abendessen zu gehen, lehnte sie dies immer ab. Doch eines Abends fragte sie:

– Warum wollen Sie denn unbedingt mit mir essen gehen?

– Weil wir danach ins Theater gehen könnten, oder ins Variété.

– Variété wäre mir lieber, erwiderte sie.

Während der Vorstellung ereignete sich ein Zwischenfall, der Pierre Neuhart in unbeschreibliche Verlegenheit stürzte. Mitten im zweiten Teil des Abends betrat ein komischer Sänger die Bühne. Nach ein paar dummen Späßen fing er an, obszöne Bemerkungen zu machen, mit einer solchen Unschuldsmiene allerdings, daß der ganze Saal Tränen lachte. Außerdem begleitete er seine Geschichten mit vulgären Gesten, als deren harmloseste er einen Schuh auszog, ihn unter seine

Nase hielt, um ihn dann angeekelt fortzuwerfen. Pierre Neuhart war schweißgebadet. Er wagte nicht, Eliane anzusehen. Er war sicher, daß sie seine Unruhe spürte, denn zuvor hatte er noch mit leiser Stimme zu ihr gesprochen, aber jetzt war er ganz still. Ängstlich verfolgte er die Gebärden des Komikers. Bei jeder Flegelei hoffte er inständig, daß es die letzte sei, aber die nächste folgte auf dem Fuß. In einem bestimmten Moment riskierte er einen Blick zu Eliane. Sie war genauso rot wie er. Das Merkwürdige aber an ihr war der Gesichtsausdruck. Den Kopf leicht vorgebeugt, so als wolle sie nicht, daß man sie beim Zusehen betrachtete, die Augen weit aufgerissen, den Mund hingegen eigentümlich zusammengepreßt, so daß sich nicht wie sonst die Oberlippe, sondern die Unterlippe nach vorne schob. Derart verschmolzen bebten sie mitunter stark. Als der Vorhang fiel, wandte sich ein überraschtes und trauriges Augenpaar an Pierre, ohne daß der Gesichtsausdruck verschwunden wäre, den sie beim Betrachten des Komikers hatte – Augen wie die von Kindern, die selbst dann nicht weinen, wenn man sie schlägt. Plötzlich vergrub sie ihr Gesicht in seiner Schulter.

Für den Sonntag darauf hatte sie einer Verabredung bei ihm zuhause zugestimmt, um ihm das Tanzen beizubringen und das Grammophon zu spielen. Es war Anfang Dezember, nebelig und kühl. Pierre Neuhart war es leid, in Cafés und Bars herumzusitzen, und hatte Eliane gebeten, den Sonntagnachmittag bei ihm zu verbringen. Soviele Argumente waren aus ihm hervorgesprudelt, daß sie schließlich nachgeben mußte. Kaum hatte sie den Salon betreten, setzte sie sich hin,

ohne den Pelz abzulegen, und sagte, während sie auf ihre Fußspitzen starrte:
– Werfen Sie Ihr »Grammo« an.
Pierre Neuhart gehorchte. Aber sie hörte nicht zu, sondern schaute sich von Zeit zu Zeit nur flüchtig um.
– Gefällt Ihnen diese Platte nicht? fragte er.
– Doch, doch, sie gefällt mir. Spielen Sie sie noch einmal.
Dann endlich war sie einverstanden, ihren Mantel auszuziehen. Sie stand auf und ging ein wenig hin und her. Als er unbedacht auf sie zutrat, um ihr eine Platte zu zeigen, setzte sie sich abrupt wieder hin. Einige Minuten später stand sie von neuem auf, ging zum Fenster, betrachtete die Bäume auf dem Boulevard, die man im Nebel kaum erkennen konnte.
– Soll ich Ihnen die Wohnung zeigen? fragte Pierre Neuhart.
– Aber ich kenne sie doch schon!
– Nein, es gibt hier noch ein anderes Zimmer. Kommen Sie.
Er öffnete die Tür zum Eßzimmer. Sie trat näher, betrachtete neugierig die Möbel aus Zitrusholz, ging dann wieder zurück in den Salon und blieb vor einem kleinen Sekretär stehen. Langsam und Pierre dabei in die Augen blickend, klappte sie den Pultdeckel auf.
– Darf ich drin wühlen? fragte sie.
Ohne die Antwort abzuwarten, schloß sie das Pult und entfernte sich. Pierre Neuhart klappte es nun selber auf und rief:

– Kommen Sie. Es gibt nichts Besonderes zu sehen.
– Nein, nein, das habe ich nur so gesagt. Sie können dort aufbewahren, was Sie wollen.
In diesem Moment brachte die Aufwartefrau den Tee. Eliane musterte sie lange. Sie machte eine zusehends befremdlichere Miene, als hätte sie irgendeine Machenschaft entdeckt und nun darauf gewartet, daß man sich verriet. Alles beunruhigte sie. Sie ging indes ohne Eile von einem Gegenstand zum anderen.
– Ist es Ihnen unangenehm, daß ich Sie zu mir eingeladen habe? fragte Pierre Neuhart. Er fürchtete, das junge Mädchen verletzt zu haben, indem er es in seine Wohnung geführt hatte.
Eliane begann zu lachen.
– Nein. Wieso? Im Gegenteil, das ist sehr nett von Ihnen. Aber ich weiß nicht...
Pierre blickte sie an. Sie schien jetzt ruhiger und weniger Kind zu sein.
– Sollen wir gehen?
– Gleich.
Sie nahm auf einem Diwan Platz. Aus Furcht, ihr mit seinen Fragen zur Last zu fallen, stellte er das Grammophon wieder an. Und jetzt schien sie auch mit Interesse zuzuhören. Pierre Neuhart bemerkte, daß Elianes Aufmerksamkeit sich steigerte, je länger diese Platte lief. Offenbar hatte sie vollkommen vergessen, wo sie war. Plötzlich bekam er Angst. Diese Aufmerksamkeit, die sich durch ein Beben der Oberlippe verriet, durch ein Zittern der Hände und die weit aufgerissenen Augen, war allem Anschein nach nicht durch die Musik ausgelöst worden. Einen Augenblick später blieb das Gram-

mophon stehen. Eliane schien immer noch zuzuhören.

– Was haben Sie? fragte er besorgt.

Sie lächelte.

– Gar nichts. Ich habe der Musik zugehört.

Es dämmerte bereits. Im Dunkel, das sich im Zimmer ausbreitete, schimmerten hier und da ein paar Gegenstände auf.

– Stellen Sie das Licht bitte an, sagte Eliane.

Er drehte am Lichtschalter und ging dann wieder zum Grammophon zurück. Er, der gewöhnlich ununterbrochen redete, schwieg jetzt, als ahnte er, daß er im nächsten Moment verloren sein könnte. Wenn er sich getraut hätte, hätte er Eliane gebeten, gemeinsam aufzubrechen und mit ihm auf den Boulevards zu bummeln, wo er dann geredet hätte und wo alles vergessen gewesen wäre. Aber sie saß so friedlich, so ruhig auf dem Diwan.

– Langweilen Sie sich etwa hier? sagte er nach einer Weile.

Sie gab keine Antwort. Er ging auf sie zu, blieb aber nach ein paar Schritten stehen.

– Was ist mit Ihnen? Was kann ich für Sie tun? Sagen Sie es mir.

Am liebsten hätte er geweint, aber er unterdrückte diesen Wunsch mit aller Macht. Sie hob ihre Lider, schlug sie nieder, hob sie erneut. Sie war blaß, und trotzdem bedeckte feiner Schweiß ihre Stirn, erglänzte leicht auf ihren Schultern. Ihre Gesichtszüge waren matt wie nach einer schlaflosen Nacht. Sie schlang die Arme um ihren Körper. Sie machte plötzlich Gebärden, für die nicht der geringste Anlaß bestand. Sie legte eine Hand auf die Brust, zog sie wieder fort und verbarg hinter ihr einige Sekunden lang den Mund, strich sich das Haar und begann unvermittelt zu schluchzen. Er setzte sich besorgt neben sie und nahm sie sanft in seinen Arm. Manchmal stöhnte sie. Mit einem Mal ließ sie sich gehen. Ihr Kopf fiel ihr in den Nacken, ihre Augen und Lippen öffneten sich leicht. Pierre Neuhart drückte sie an sich und versuchte sie zu trösten. Er sah Elianes tränenüberströmtes, aber gelöstes Gesicht direkt neben sich. Sie wehrte sich nicht mehr, als er sie fester an sich zog; sie ließ sich gehen. In diesem Moment, angesichts der Schwäche, spürte er, welche Kraft und welchen Willen sie bis jetzt besessen hatte. Ihre Augen waren wieder geschlossen. Er trug sie zu seinem Bett, legte sie hin, deckte sie zu und hielt, neben ihr sitzend, ihre Hand. Sie schien beruhigt. Sie weinte nicht mehr. Ihr Atem ging wieder gleichmäßiger. Als sich ihre Lider hoben, warf sie einen ausdruckslosen Blick um sich, und als sie Pierre am Kopfende des Bettes sah, drehte sie langsam den Kopf zur Seite, ihre Hand aber ließ sie in der seinen ruhen.

5

Einige Tage nach dieser Begebenheit verließ Eliane ihre Mutter nach einem grundlosen Streit, brach alle Beziehungen ab, nahm ihre Habseligkeiten in einem Koffer mit und teilte daraufhin mit Pierre Neuhart die Wohnung. So begann für ihn die weitaus glücklichste Phase seines Lebens. Eliane, die er so sehr liebte, wohnte nun also bei ihm! Er konnte es nicht glauben. Wenn sie ausgegangen war, betrachtete er die Dinge, die dem Mädchen gehörten, rührte sie jedoch nicht an. Die Wohnung schien ihm verändert. Überall standen Blumen. Die Zimmer waren mit Leben erfüllt. Man hätte meinen können, daß die Möbel zu Diensten waren, daß die Schranktüren sich hundertmal am Tage öffneten, daß alles lachte und redete und Elianes Rückkehr erwartete. Anfangs wollte sie Ordnung in die Wohnung bringen, sie umgestalten, so unwohl fühlte sie sich, wenn sie untätig war. Wenn sie aufstand, schlief Pierre noch. Leise begab sie sich in die anderen Zimmer und fing mit dem Haushalt an. Aber in Wirklichkeit tat sie nichts. Etwa hundertmal polierte sie dasselbe Möbelstück, und wie die Arbeiter, die es nicht wagen, ihre Arbeit für einen Moment niederzulegen, aus Angst, gerade dann überrascht zu werden, legte auch Eliane nicht eine Sekunde lang eine Pause ein. In Gedanken war sie woanders. Und als sie schließlich zu einer anderen Beschäftigung überging, fürchtete sie, genau in dieser Zwischenzeit könnte der Industrielle auftauchen. Man hätte sagen können, daß sie ihr Dasein rechtfertigen und über der Arbeit ihre Anwesenheit in der Wohnung vergessen wollte, daß sie eher dazu da war, sich nützlich zu machen, als einem Mann anzugehören. Wenn Pierre Neuhart aufwachte, galt sein erster Gedanke Eliane. Bemerkte er, daß sie nicht mehr an seiner Seite lag, rief er nach ihr. Dann erschien sie an der Tür, eine Schürze umgebunden, das Haar zerzaust und einen Lappen in der Hand. »Schon wieder?« rief er. »Bist du denn verrückt? Die Putzfrau macht das alles.« Sie antwortete nicht und zog ein Gesicht wie ein Kind, das sich im Unrecht weiß. »Leg dich wieder hin, Eliane, du wirst noch krank.« Sie schüttelte den Kopf, ging aber auch nicht fort. Schließlich nahm sie in einem Sessel Platz. Sie bot den Anblick aller Frauen, die ihre Arbeit unterbrechen. Es war, als würde eines der Zimmer vor Sauberkeit glänzen und nebenan eines noch in größter Unordnung sein, daß sie aber trotz der Erschöpfung, die ihren Zügen abzulesen war, sofort wieder aufstehen würde, um irgendeine offene Flamme zu löschen. Doch manchmal legte sie sich auch wieder hin. Dann lehnte sie sich in ein Kopfkissen zurück und schmiegte auf ihre liebenswürdige Art die Bettdecke um ihre Hüften. Pierre wollte sie dann nicht mehr aufstehen lassen. Weil die Aufwartefrau erst um acht Uhr kam, bereitete er das Frühstück zu, brachte es Eliane, zog sich hastig an und kaufte ihr Zeitungen und Modemagazine. Kehrte er mittags zurück, lag sie bisweilen noch im Bett, lesend oder ohne Kopfkissen und Nackenrolle ausgestreckt. Wieder in die Vertraulichkeit der Nacht einzutauchen, nachdem er bereits stundenlang geschäftig in der Stadt unterwegs gewesen war, gab ihm das Gefühl, ein außergewöhnliches Leben zu führen, das sehr gut mit jenem verschmolz, welches er schon lange hatte: der einzig glückliche Mensch auf der Welt zu sein. Erst wenn er ihre kleinsten Wünsche erraten hatte, fand er zur Beherrschung zurück. Aber seine Vermutungen beruhten oft auf Irrtümern. So glaubte er oft wegen eines Wortes, das sie am Abend hatte fallen lassen, daß sie ganz begierig auf einen bestimmten Gegenstand war. Er brachte ihn herbei, und sie fragte überrascht, warum er ihn gekauft habe. »Oh! Ich glaubte, er würde dir Freude machen«, sagte er, um seinen Mißmut zu verbergen, und sprach schon von etwas anderem. Als sie den Vorschlag ablehnte, mit ihm aufs Land zu fahren, verspürte er ein leichtes Unbehagen; denn was er ihr auch anbot oder unterbreitete, sie wies es erst einmal zurück. Die Freude, die ihm der Gedanke gemacht hatte, mit dem jungen Mädchen zu verreisen, wollte er sich nicht mehr eingestehen, als hätte er Scham verspürt, sich in Eliane getäuscht haben zu können. Tagsüber, wenn er nicht bei ihr war, genügte es, daß seine Aufmerksamkeit von etwas anderem angezogen wurde, um Elianes Bild vor seinen Augen auftauchen zu lassen und ihm Gewissensbisse zu bereiten, weil er sich ohne sie zerstreute. So etwas führte mitunter zu lächerlichen Unternehmungen. War ihm zum Beispiel bei einem Kundenbesuch am Rand der Stadt überraschend eine schöne Landschaft aufgefallen, wollte er sie unbedingt auch Eliane zeigen. Und wenn sie eingewilligt hatte mitzufahren, war sie jedesmal erneut enttäuscht oder verstand den Grund für solch eine Reise nicht. Mehrmals die Woche sorgte er dafür, nachmittags nicht wieder in sein Büro zu müssen. Dann spazierten sie durch das Opernviertel, setzten sich auf die Terrasse eines Cafés am Boulevard, verbrachten oft zwei Stunden im Kino. Unablässig blickte er zu ihr hin und lehnte sich in der Dunkelheit des Saales bei ihr an, war an den Episoden auf der Leinwand vollkommen uninteressiert, die Eliane wiederum mit so viel Aufmerksamkeit verfolgte, daß sie nicht einmal dazu kam, ihn zurückzustoßen. Am Ausgang machte er sich die Drängelei zunutze, um sie an sich zu ziehen und ihre Hände zu küssen. Die jungen Leute, die ihm – anders als ihr – nicht aufgefallen waren, lachten über ihn. Kaum auf der Straße, machte sie sich von ihm los. Das kränkte ihn, als wäre seine Liebe plötzlich ihres Objekts beraubt. Sogleich näherte er sich ihr wieder, fragte, ob er sie verärgert habe, stellte tausend Fragen, weshalb sie sich ihm entzog, bat um Verzeihung und begann erneut, ihre Hände zu nehmen und ihre Taille zu umschlingen, die er aber sofort wieder losließ, damit sie ihm keine Vorhaltungen machte. Eines Nachmittags konnte er sich nicht beherrschen und küßte sie mitten auf der Straße auf den Mund. Sie errötete und sagte mit vor Empörung blitzenden Augen:

– Jetzt ist Schluß. Ich gehe nicht mehr mit Ihnen aus.

Denn sie sagte abwechselnd »du« oder »Sie« zu ihm. Er wurde gleichfalls rot, und sein unterwürfiges Flehen steigerte nur die Wut des jungen Mädchens.

– Sie sind vollkommen lächerlich, und mich blamieren Sie obendrein, fügte sie hinzu.

Pierre standen die Tränen in den Augen. Ihm war, als wären Passanten hinter ihm stehengeblieben. Er sagte:

– Sie haben recht. Ich schwöre Ihnen, ich werde es nie wieder tun.

So tief gekränkt er auch sein mochte, nahm er doch alle Fehler auf sich. Sie hatte immer recht, selbst wenn sie ihm vorwarf, zu zuvorkommend zu sein, wenn sie etwas Altmodisches an ihm entdeckte, wenn sie mit Erstaunen, in dem die Boshaftigkeit lag, zu ihm sagte: »Wieso tragen Sie eigentlich ständig dieses unnötige Sortiment von Schlüsseln und Taschenmessern mit sich herum?« Während er immer vorschlug, das Café wieder aufzusuchen, in dem sie sich die ersten Male getroffen hatten, und ihre Spaziergänge aus der Zeit, als sie noch kaum einander kannten, zu wiederholen, lehnte sie jedesmal mit dem gleichen Argument ab. »Aber was wollen Sie denn dort? Wir sollten uns lieber etwas Neues suchen, etwas, das man noch nicht kennt.« Er aber wollte nur die ersten Stunden seines Glücks wiederaufleben lassen, um der Ungewißheit von damals die Wirklichkeit des Moments entgegenzuhalten. Das ahnte Eliane, und gerade deshalb war es ihr unerträglich. Kaum war er ein paar Schritte neben ihr gegangen, fragte er sie, ob sie müde sei. Klagte sie über einen leichten Schmerz, über die leiseste Migräne, sprach er schon davon, zu einem Arzt zu gehen. Und wenn sie ihm anfangs noch ihre künstlerischen Fähigkeiten zeigen und ihre Familie in einem günstigeren Licht erscheinen lassen wollte, schwieg sie sich darüber nun gänzlich aus. Pierres gespielte Aufmerksamkeit war sie nämlich

auf der Stelle leid. Doch wie um Rache zu üben, unterlief es ihr bisweilen, Pierre Neuhart mit Berichten über die Verrücktheiten ihrer Mutter beeindrucken zu wollen. Sie wurden immer zahlreicher und wunderlicher. Auf diese Weise, hoffte sie, würde Pierre Neuharts Gesicht vielleicht einen anderen Ausdruck annehmen als diesen erstaunten und respektvollen, den es gewöhnlich trug. Aber es war stets vergebens und sie kapselte sich ab, als hätte man sie verkannt.
Eines Nachmittags führte er Eliane in sein Büro an der Place Saint-Sulpice. Schon lange hatte sie ihn darum gebeten, doch aus Angst, sie zu enttäuschen, hatte er den Besuch bis jetzt hinausgezögert. Als sie den Raum betrat, in dem Simone, die Zigarette im Mund, einen Brief auf der Maschine schrieb, blieb das junge Mädchen verblüfft stehen und konnte nur sagen:
– Aha. Und das ist also Ihr Büro!
– Ein größeres brauche ich nicht, entgegnete er verlegen. Sie fand, daß es sich kaum von den scheußlichen Zimmern in der Rue Rosa-Bonheur unterschied. In diesem Moment läutete das Telefon. Es war ein unzufriedener Kunde. Im ganzen Büro war eine Stimme zu vernehmen, die von weither kam und schrie: »Ihre Lieferung ist erst Samstagabend zur Bahn gegangen. Ich hatte Ihnen doch gesagt, daß es sehr eilt. Außerdem hat einer meiner Abteilungsleiter beim Empfang der Lieferung festgestellt, daß sie nicht die geringste Übereinstimmung mit meinem Auftrag hat. Ich habe deshalb die unangenehme Pflicht, Ihnen mitzuteilen, daß ich sie verweigere und die Waggons zu Ihrer Verfügung am Bahnhof stehen lasse. Wegen Ihrer Schlamperei bin

ich gezwungen, meine Arbeit zu unterbrechen, was einen enormen Schaden mit sich bringt und gegen den ich mich aufs äußerste verwahren muß.« Pierre Neuhart stammelte vage Entschuldigungen. In solch einem Augenblick brachte Elianes Anwesenheit ihn um jeden klaren Gedanken. Er wagte nicht, vor dem Kunden einen Kniefall zu machen, was er gewiß getan hätte, wenn sie nicht dagewesen wäre. Für Simone mußte dies ein köstlicher Augenblick sein. Er litt darunter, vor dem Mädchen auf diese Weise behandelt zu werden. Plötzlich fing er sich. »Wenn Sie schon diesen Ton anschlagen, Monsieur, muß ich Ihnen sagen, daß es künftig zwecklos sein dürfte, sollten Sie sich an mich wenden.« Und legte auf. Eliane freilich war über diese Auseinandersetzung nicht überrascht. Ihr paßte sie in diese Umgebung. Wenn sie allerdings erwartet hatte, sich von den Angestellten umringt zu sehen und als Chefin vom einen Raum zum anderen geführt zu werden, so hatte sie diesen Gedanken längst fallen lassen müssen. Eine Weile sah sie Pierre wie einen Fremden an, dann sagte sie nur:

– Gehen wir.

Eine Woche mußte verstreichen, bis dieser Besuch vergessen war. Immerhin hatte er Pierre Neuhart die Augen geöffnet. Während er bis zu diesem Tag in Gedanken einzig bei der Liebe war, begann ihn nun ein maßloser Ehrgeiz zu peinigen. Ohne daß sie ein Wort darüber gewechselt hätten, träumte er jetzt davon, ein stattliches Vermögen zu erwerben, das ihm erlaubte, Elianes Wünsche zu erfüllen. Mit der Zeit wurde sie nämlich immer verschwenderischer.

Sie kaufte Kleider, die ihr am nächsten Tag nicht mehr gefielen. Sie verschenkte sie dann. Wegen einer außergewöhnlichen Unbesonnenheit kehrte sie manchmal mit verrückten Einkäufen heim: mit demselben Grammophon, das Pierre bereits besaß, denselben Schallplatten, mit vier Tintenfässern aus Kristall – für jedes Zimmer eins. Er tat, als fände er dies ganz natürlich, und als sie, in der stillen Hoffnung offenbar, ihn zu verärgern, sagte: »Die Lampen passen nicht. Ich habe sie der Concierge geschenkt«, gab er ihr recht, ging zu ihr hin und küßte sie. Denn alles gab ihm einen Grund, Eliane einen Kuß zu geben. Das ständige Verlangen danach raubte ihm die Urteilskraft, so daß er unruhig war und sich quälte, wenn sie ihn verweigerte, sich hingegen glücklich schätzte, wenn sie ihn gewähren ließ. Er ahnte, daß sie log, doch statt seine Gefühle erkalten zu lassen, versetzte es ihn in Entzücken. Er mochte ihre Listigkeiten, Launen, Stimmungswechsel wie eine Mutter, die außer sich gerät, wenn sie bei ihrem Kind die ersten Anzeichen von Selbsterhaltungstrieb, Stolz oder Härte entdeckt. Das machte ihm Eliane wertvoller, leibhaftiger als all jene, die er vorher gekannt hatte. Wenn sie sich aus heiterem Himmel in unbegreifliches Schweigen hüllte, spürte er im selben Moment, in dem er darunter litt, sein Verlangen und seine Liebe noch weiter wachsen. Wies sie ihn auch noch so brüsk zurück, er konnte Stunden an ihrer Seite verbringen, wortlos, auch ohne sie anzusehen, wenn sie ihm dies verwehrte – nur glücklich darüber, daß sie bei ihm war. Wenn sie einen Gegenstand an einen anderen Platz stellte, erschauderte er vor Freude über dieses Lebenszeichen. Aber das Seltsamste war, daß er nicht einmal auf den Gedanken kam, sie würde ihn nicht lieben. Er erwartete von ihr nicht mehr als von einem Vögelchen. Sie war für ihn ein kleines reizendes Tier, das ihm gehörte, zu dem er lieb sein mußte, um es nicht zu erschrecken, und auf das er aufpassen mußte, damit es nicht weglief. Und ein Plan, den er sich zwar nicht eingestand, obwohl er ihn noch glücklicher gemacht hätte, wenn er ihn hätte in die Tat umsetzen können, stieg aus der Tiefe seines Herzens empor, um sogleich wieder dorthin zurückzufallen: Eliane einzuschließen, wenn er aus der Wohnung ging. Denn im Büro litt er darunter, sie frei zu wissen. Die Angst, sie nie wiederzusehen, quälte ihn, bis er nach Hause kam. Zu den Verabredungen ging er mit klopfendem Herzen und in der sinnlosen Angst, sie zu verlieren. Doch gleichzeitig mit der Lust auf Tyrannei, die in ihm schwelte, dieser geheimen, durch ein Nichts ausgelösten Eifersucht, verspürte er eine maßlose Freude dabei, Elianes Sklave zu sein. Je strenger sie ihn herumkommandierte, desto mehr bewunderte er sie. Am Ende des Tages vergaß er seine Sorgen und seine Geschäfte, und wenn er sich ihnen am nächsten Morgen wieder widmen mußte, war ihm, als sei ein ganzes Jahr vergangen. Obwohl sie sich mit keiner Menschenseele traf, war sie doch stets über die teuersten Dinge und kostspieligsten Moden unterrichtet, und immer wieder verlangte sie danach. All diese Forderungen erfüllte er, wenn er auch fürchtete, ihre Launen eines Tages nicht mehr befriedigen zu können, und seine größte Sorge war, daß sie von seinen Grenzen erfuhr und es dann noch schlimmer sein würde als an jenem Tag, an dem sie sein Büro betrat: daß er in ihren Augen nur ein Mann wie jeder andere war.

Abends nach dem Büro traf er sie manchmal in einem Café am Bahnhof Montparnasse, wo sie, zwischen Paketen sitzend, in einem Modemagazin las und ihn schon lange erwartete. Oft zeigte sie ihm als erstes eine Illustration, die ihr gefallen hatte. »Schau mal, wie schön!« sagte sie. Dann blätterte sie die Zeitschrift durch und ließ ihn raten, was sie sich kaufen wollte. Er tippte immer daneben. Sie zeigte ihm das Kleid, das ihr gefiel, und fragte dann, indem sie ihn beim Arm nahm und ihren Kopf an seine Schulter schmiegte: »Läßt du mir so ein Kleid machen?« Er stimmte zu. Doch am nächsten Tag wollte sie statt des Kleides lieber einen Hut. Er mußte denselben Eid schwören. Das ging bis zu dem Tag, an dem ihr auffiel, daß er nichts gekauft hatte. Sie brach in Tränen aus, beschuldigte ihn, geizig zu sein, woraufhin er sofort lief und ein Schmuckstück kaufte und es so schnell wie möglich zu ihr brachte.

Ein andermal war sie in Gedanken versunken, wenn er kam. Das Leben an seiner Seite schien sie zu langweilen. Ihr kamen wieder die Ansprüche der Zeit in den Sinn, als sie noch bei ihrer Mutter lebte. Sie träumte von Theater, Tanz und Musik, davon, junge und schöne Männer, die sie anbeteten, um sich zu haben, von einem zum anderen gehen zu können, ohne daß sie irgendeinem gehörte, und von fernen, sonnigen Ländern. Und wenn Pierre sie mit seiner Anwesenheit in die Wirklichkeit zurückholte, fühlte sie sich enttäuscht. Sie so traurig und verloren zu sehen, erfüllte ihn mit Sorge. Er flehte sie an, ihm zu sagen, was sie habe. Sie antwortete, sie sei einer bezaubernden Dame in Begleitung dreier elegant gekleideter Herren begegnet, die gewiß eine Prinzessin war und mit ihrem Automobil, das sie fuhr, bestimmt unterwegs nach Italien. Dann fügte sie hinzu:

– Oh, ich will nichts dergleichen. Ich habe auf gar nichts Lust.

Pierre Neuhart litt dann zutiefst. Er versprach ihr, in den Sommerferien ebenfalls nach Italien zu fahren. Er wollte sie küssen, aber sie stieß ihn zurück und sagte:

– Nein, sei brav. Nicht jetzt.

– Aber Eliane, sag mir doch, was du dir wünschst, sag mir etwas Genaueres.

Sie bat nur darum, heimzugehen. Doch kaum zu Hause, hielt sie es schon nicht mehr aus.

– Gehen wir, gehen wir, ich will hier nicht bleiben!

Ehe er sie noch trösten konnte, begann sie zu weinen.

– Aber warum weinst du denn? Was habe ich dir getan?

– Nein, ich weiß nicht. Ich will gehen.

– Aber du wolltest doch nach Hause!

Sie gab keine Antwort. Er setzte sich zu ihr und gab ihr das Versprechen, sie zur glücklichsten Frau zu machen.

– Glücklicher als jetzt? fragte sie zwischen zwei Schluchzern.

– Aber ja. Alle werden dich bewundern. Ich tu alles für dich, und du bist nicht glücklich.

Plötzlich umarmte sie ihn und küßte ihn auf die Stirn.

– Ist das wahr? fragte sie schließlich.

– Ja, meine Kleine. Ich schwöre dir, daß du alles bekommst.

Erst dann kam sie wieder zur Vernunft.

Allmählich wurde Eliane immer empfindlicher. Über die geringste Kleinigkeit regte sie sich auf. Sie wollte nicht, daß er vor der von ihr bestimmten Zeit nach Hause kam. Nach dem Abendessen sagte sie manchmal in scharfem Ton zu ihm: »Geh. Laß mich allein und komm vor Mitternacht nicht wieder. Du brauchst Freunde, Freunde, wie alle Männer sie haben.« Er gehorchte ohne Protest, entfernte sich aber aus Argwohn nicht weit von seinem Haus. Weil er fürchtete, sie könne ihn fortgejagt haben, um selber auszugehen, machte er nur ein paar Schritte und hielt die anhaltenden Automobile im Auge. Erst als es zwölf schlug, kehrte er zu ihr zurück. Eliane war eingeschlafen und alle Lichter in der Wohnung brannten noch. Um sie nicht aufzuwecken, machte er sich mit unendlicher Behutsamkeit für die Nacht zurecht und legte sich leise neben sie. Doch immer wieder schreckte sie aus ihrem Schlaf auf. »Bist du's?« fragte sie bange. Dann schlief sie aber sofort wieder ein und murmelte nur noch: »Ich hatte Angst allein.«

Ein andermal machte sie ihm Vorhaltungen. Sie warf ihm vor, er habe sie dazu gebracht, ihre Mutter zu verlassen, die sie so sehr liebte, bei der sie so glücklich gewesen sei, und alles nur, um sie leiden zu lassen. »Ich hätte einen jungen Mann, den ich geliebt hätte, heiraten können«, sagte sie eines Tages zu ihm. Pierre Neuhart nahm es ohne Einwand hin. Aber obwohl er von dem jungen Mädchen nicht mehr verlangte, als daß sie ihm gehörte und sich von ihm lieben ließ, wurde er sich zum erstenmal bewußt, daß er sie aus anderen als aus den bisher nur verschwommen wahrgenommenen Gründen verlieren könnte. »Was wird jetzt aus mir?« fügte sie noch hinzu. Noch immer gab er keine Antwort. Eliane hatte ihm zu verstehen gegeben, daß alles, was er getan hatte, um ihr zu gefallen, umsonst gewesen sei, daß sie ihn haßte; und er hätte sich ihretwegen am liebsten umgebracht. Er erinnerte sich der Seelenqual, in der er vor dem Krieg gelebt hatte, an die Schmerzen, die er danach durchlitt, an die Mühen, die er auf sich genommen hatte, um ein ordentlicher Mensch zu werden, an seine Einsamkeit, seine Sehnsucht. Von all dem wußte sie nichts. Ja, sie wollte nicht einmal davon hören. Und wieder erinnerte er sich seiner Liebe zu diesem Kind. Er opferte ihr alles. Sein einziges Glück lag darin, daß sie glücklich war. Doch sie zeigte nicht einmal Dankbarkeit. Ohne daß er es merkte, flossen ein paar Tränen aus seinen Augen. Es kam zu einer bemerkenswerten Szene: Sobald sie Pierres Gesicht erblickte, wich Eliane zurück, und der Haß, den sie ihm schon einmal geschworen hatte, stand ihr nun deutlich ins Gesicht geschrieben. »Was denn«, sagte sie, »Sie weinen?« Das schien ihr völlig unbegreiflich. Eine Art Abscheu hatte sich ihrer bemächtigt, und sie floh in ein Nachbarzimmer. Pierre Neuhart ging zu einem Spiegel. Als er die Tränen sah, die seine Wangen zierten, hellte sein Gesicht sich auf,

als ob Eliane nun entschuldbar wäre. Er zog ein Taschentuch hervor, rieb sich die Augen und bat das junge Mädchen um Vergebung.
Ein anderes Mal versicherte sie ihm mit einem scheinbar liebenswürdigen Lächeln, daß er sich sehr verändert habe, seit sie mit ihm zusammen war.
– Vorher hattest du keine Manieren. Du wußtest nicht einmal, daß man sein Besteck auf dem Teller liegen läßt, wenn man mit dem Essen fertig ist. Du hast vielleicht ein intelligentes Gesicht gemacht mit deinem Messer, das aussah wie ein schmaler Steg, der auf den Teller führt.
Zum erstenmal war Pierre Neuhart tief gekränkt. Er hatte noch die Kraft, sich zu beherrschen. Aber er mußte sich Gewalt antun, um sie nicht seinerseits zu verletzen. Mit der üblichen Ergebenheit gab er zurück:
– Das weiß ich wohl, mein kleines Mädchen. Aber nachdem du mich zurechtgewiesen hast, hast du gesehen, daß ich mich verändert habe. Warum erinnerst du mich also daran?
– Ich erinnere dich nicht daran. Es ist mir nur eingefallen.
– Auch ich könnte dich an gewisse Lappalien erinnern.
Eliane wurde blaß. Sie schaute Pierre herausfordernd an. Er wußte, es hätte sie zur Raserei gebracht, hätte er nur den Mund aufgetan. Und wie jedesmal gab er klein bei.
– Das war doch nur Spaß. Wegen solcher Kleinigkeiten regt man sich nicht gleich so auf.

Doch trotz des Rückziehers bewahrte das Mädchen ihr ernstes Gesicht. Sie vergab ihm nicht, daß er auch nur die Möglichkeit in Betracht ziehen konnte, sie zu kränken, und sagte, obwohl er alles tat, um sie aufzuheitern, für den Rest des Tages keinen einzigen Ton.

Als er eines Abends nach Hause kam, standen Blumen auf dem Tisch. Eliane hatte ihr schönstes Kleid angezogen. Sie war wieder das junge Mädchen, und ihm schien, als habe sie dieselbe Achtung vor ihm wie einst. Noch bevor er seine Aktentasche beiseitegelegt hatte, kam sie auf ihn zu und gab ihm einen Kuß. Pierre war so glücklich darüber, daß es ihm nicht einmal im Traum eingefallen wäre, nach Gründen für dies unerwartete Verhalten zu suchen. Als er einen Augenblick doch überlegte, glaubte er, sie habe Gewissensbisse und wolle für ihre Boshaftigkeit der vergangenen Wochen Abbitte tun. Aus der Stadt hatte sie eine Languste kommen lassen. Sie redete unablässig mit ihm. Er mußte sagen, daß sie sehr lieb sein könne, wenn sie nur wollte.

– Aber das bin ich doch immer, antwortete sie.

Nach dem Essen nahm sie an seiner Seite Platz und bat ihn verliebt, sie in die Arme zu nehmen. Es war April. Die Fenster standen offen. Obwohl die Luft noch frisch war, roch sie nach Gras und Laub.

– Machen wir das Licht aus, sagte sie.

Pierre hatte alles vergessen, das schleppende Geschäft, die Sorge um die Wechsel; er gab sich nun dem größten Glück hin, das es für ihn geben konnte. Plötzlich spürte er, wie Eliane zitterte.

– Hast du was?

– Vielleicht ist mir kalt, antwortete sie.
Er stand auf, um die Fenster zu schließen. Als er sich wieder zu ihr setzen wollte, meinte sie:
– Mach lieber das Licht wieder an.
Er gehorchte. Als er wieder zu ihr zurückkam, überraschte ihn die plötzliche Veränderung, die in ihr vorgegangen war. Sie war wieder wie sonst und schien zu bedauern, sich diese Umstände gemacht zu haben.
– Aber was ist denn jetzt mit dir los? Eben noch warst du so lieb.
– Ich habe absolut nichts. Mir war kalt, das ist alles.
– Geht's dir jetzt wieder gut? fragte er, mit einemmal besorgt.
– Sehr gut.
Er setzte sich zu ihr auf den Diwan. Doch statt sich wie zuvor gegen seine Schulter zu lehnen, blieb sie steif sitzen. Er wollte ihre Hand nehmen, aber kaum hielt er sie ein paar Sekunden lang, da zog sie sie zurück, doch nicht abrupt, sondern ganz allmählich, so daß Pierres Hände ihr noch bis zu dem Moment folgten, wo sie zu weit weg war, um sie noch länger halten zu können.
Eliane wurde zusehends nervöser.
– Warum gibst du dir soviel Mühe mit dieser kleinen Feier? Du bist sicher deshalb so erschöpft.
Ohne sie zu fragen stand er auf und rief vom Flur aus nach der Aufwartefrau, damit sie einen Kräutertee machte.
– Aber ich will nichts, nichts, nichts... entfuhr es Eliane mit noch größerer Nervosität.
– Hör zu, Kleines, so kannst du nicht bleiben. Willst du dich nicht hinlegen?

– Nein, nein und nochmals nein... antwortete sie.
Pierre Neuhart ging auf sie zu. Er wollte sie sanft in seine Arme nehmen und ins Schlafzimmer tragen. Doch die Augen des jungen Mädchens wurden immer größer, als würde er sie in Angst versetzen. Er blieb stehen.
– Gehen Sie draußen spazieren. Und kommen Sie in ein oder zwei Stunden zurück.
– Aber so kann ich dich doch nicht allein lassen! Dir geht es nicht gut. Bestimmt fehlt dir etwas.
Wie beinahe täglich fing Eliane daraufhin zu weinen an. Sie stand auf und begab sich mit gesenktem Kopf ins Schlafzimmer. Er folgte ihr. Als sie über ihr Schluchzen hinweg hörte, wie er näherkam, weinte sie noch mehr.
– Aber was hast du denn, Kindchen, daß du die ganze Zeit weinst? Bist du so unglücklich? Siehst du denn nicht, daß ich alles, aber auch alles mache, damit du dich freust?
– Ich auch... ich... tue... alles, stammelte Eliane in Tränen aufgelöst. Du... merkst... gar nicht... wie lieb... ich bin... wenn ich... zum Beispiel... wirklich was... ganz Schönes... will... sage ich es nicht... behalte es für mich... ich habe keinen Menschen... ich bin ganz allein... weil... du mich nicht... liebst... nicht richtig.
Pierre Neuhart war erschüttert. Diese Enthüllung verschlug ihm vollkommen die Sprache. Wie in dem Moment, wo man von einem Freund auf einen Charakterfehler hingewiesen wird, den man nicht zu haben meint, betrachtete er sich plötzlich eine Sekunde lang

mit einem Scharfblick, als stände er neben sich. »Weiß ich nicht, was sie sich wünscht? Sie verheimlicht mir, daß sie unglücklich ist!« dachte er. Er fiel aus allen Wolken, und im selben Moment machte sich das immer deutlicher werdende Gefühl in ihm breit, daß sie recht hatte.

Er drückte sie an sich. Sie weinte noch immer.

– Aber was meinst du denn mit »was ganz Schönes«? fragte er. Du weißt doch, daß ich dir alles gebe, was du willst. Nie habe ich dir etwas ausgeschlagen. Aber versteh doch, mein Kind, daß ich nicht immer ahnen kann, was dir Freude macht. Du mußt es mir schon sagen.

Elianes Vorwürfe hatten ihn dermaßen aus der Fassung gebracht, daß er mit ihr sprach, als weinte sie gar nicht.

– Aber ich kann es... Ihnen nicht... sagen... Sie würden nicht..., fuhr das Mädchen schluchzend fort.

Pierre Neuhart hatte eine Ahnung. Die in den nächsten Tagen fälligen Zahlungen kamen ihm wieder in den Sinn. »Ich muß es wissen«, dachte er. »Das Geld treibe ich schon irgendwie auf.«

– Bitte, Eliane. Sag mir ganz offen, was dir Freude machen würde.

Eliane hob den Kopf. Mit halb geöffnetem Mund schaute sie Pierre Neuhart an, und ihr Gesicht zuckte nervös. Sie fuhr sich mit den Fingern über ihren Hals.

– Ich möchte eine Kette.

Sie blickte Pierre sanftmütig an.

– Das würde mir soviel Freude machen! Du schenkst

sie mir doch, nicht wahr? Ich wäre glücklich, glücklich, so glücklich, wenn ich eine schöne Perlenkette hätte.

Als sei sie auf einmal ins Leben zurückgekehrt, stand sie ruckartig auf, lief ins Schlafzimmer, kam kurz darauf mit einer sorgfältig eingewickelten Schachtel zurück und hielt sie Pierre Neuhart hin.

– Das ist ein Souvenir von Eliane, sagte sie und lachte aus voller Brust.

Sie konnte nicht mehr stillhalten. Es war, als hätte sie sich gerade von einer entsetzlichen Last befreit. Pierre Neuhart öffnete die Schachtel. Sie enthielt eine Armbanduhr. Diese Aufmerksamkeit rührte ihn so sehr, daß er nur noch unzusammenhängende Worte stammeln konnte. Eliane sah ihn mit einem zugleich unschuldigen und schelmischen Blick an – wie ein Kind, dem gerade ein Streich gelungen ist.

Tags darauf veräußerte er durch Vermittlung einer Gesellschaft für den Verkauf von Industrie- und Handelsfonds das Nutzungsrecht an einem seiner Steinbrüche. Er ließ sich auf der Stelle die Summe von 100 000 Francs auszahlen – übrigens zu einem Wucherzins.

6

Nach dieser Begebenheit war Eliane zwei Wochen lang eine andere. Sie war ganz außer sich vor Freude, daß sie eine solch schöne Perlenkette besaß. Abends vor dem Einschlafen küßte sie sie und ließ ihr dieselbe Sorgfalt wie einer Puppe angedeihen. Aber diese Zuneigung war nur ein Strohfeuer. Schon bald sprach sie weniger und wurde wieder sonderlich. Als Pierre sie eines Abends küssen wollte, stieß sie ihn zurück.

– Ich will nicht, daß du mich küßt, sobald du zur Tür hereinkommst, sagte sie. Man könnte ja meinen, ich gehöre dir und muß dir zu Gefallen sein, sobald du da bist.

Schon bevor sie mit Pierre zusammenlebte, war das etwas gewesen, das ihr mißfiel, eine Art Übereinkunft, die sie an seinem Gesicht ablas. Er sagte nichts, begriff aber, daß das Glück der letzten Tage nichts anderes als eine kurze Wetterberuhigung war und Eliane immer dieselbe bliebe, ganz gleich, was er tat.

– Ist dir das so unangenehm? fragte er schließlich.

– Natürlich! Frauen finden so etwas widerlich.

Er lächelte.

– Aber du bist keine Frau. Du bist mein kleines Kind.

Was immer er auch sagte, Eliane entdeckte in seinen Worten eine Selbstgefälligkeit, die ihr unerträglich war.

– Sie verlieren den Kopf, mein armer Freund!

Dieser ruhige und überlegte Ton war für Pierre Neuhart unangenehmer als der, den sie anschlug, wenn sie wütend war. Er entsprach etwa dem einer Mutter, der irgendein Jüngling eine glühende Liebeserklärung gemacht hat. Doch je mehr er spürte, daß sie sich von ihm entfernte, desto stärker wurde seine Liebe. Die Eifersucht, die er bislang verborgen hatte, begann er nun zu zeigen, und damit verärgerte er das junge Mädchen noch mehr. Wenn sie später als er nach Hause kam, durchbohrte er sie mit Blicken, musterte sie von Kopf bis Fuß, fragte, was sie gemacht habe, aber nur, wie um sein Gewissen zu beruhigen – so wenig kümmerte es Eliane. Wenn er so unvorsichtig war und nicht lockerließ, wurde sie wütend. Man bekam den Anblick eines Mannes zu sehen, der entschlossen schien, mit Gewalt das zu hüten, was er mit dem Herzen nicht bewahren konnte: er ging dem jungen Mädchen von einem Zimmer ins andere nach, bat um Vergebung, flehte es an und bettelte, daß es sich lieben ließ.
An jenem Abend, als Eliane über seine Aufdringlichkeit klagte, beschloß er, sich völlig anders zu verhalten. »Ich werde so tun«, dachte er, »als würde ich weniger zu ihr stehen. Ich werde nur dann mit ihr reden, wenn sie mir auch zuhören will. Sie wird glauben, daß ich mich von ihr löse, und wird dann vielleicht liebevoller sein.« Diese Überlegung besaß den Reiz des Neuen. »Ich fange sofort damit an.« Eliane hatte gerade wieder einmal gesagt: »Ich sehe, daß Sie den Kopf jetzt vollkommen verlieren.« Er gab keine Antwort, aber er konnte es sich nicht verkneifen, sie traurig anzusehen. Dann begab er sich mit dem letzten Rest Gelassenheit,

den sein Kummer ihm noch ließ, ins Eßzimmer, setzte sich und tat, als sei er in die Abendzeitung vertieft. Eliane schien überrascht. Einen Moment lang betrachtete sie erstaunt die Tür, durch die Pierre Neuhart verschwunden war. Sichtlich kämpften zwei widersprüchliche Gefühle in ihr. Schließlich ging sie ebenfalls ins Eßzimmer.
– Ich hab's ja gesagt: Sie verlieren den Kopf.
Er blickte auf und lächelte, als sei eine unbedachte Bemerkung gefallen, und vertiefte sich wieder in seine Lektüre.
– Ach, so kommen Sie mir jetzt! sagte Eliane mit zunehmender Nervosität. Na schön, aber machen Sie das draußen. Und kommen Sie vor Mitternacht nicht wieder, hören Sie?
Pierre Neuhart stand in der Gewißheit auf, besser mit gespielter Gleichgültigkeit fortzugehen, als nach einer endlosen Diskussion, in deren Verlauf er schließlich doch nachgeben würde.
Als er draußen war, kam ihm Elianes Verhalten sonderbarer vor als auf den ersten Blick. Er hatte den Verdacht, daß sie bereits seit seiner Ankunft darauf aus gewesen war, sich mit allen Mitteln von ihm loszumachen. Sie hatte ihm zunächst unter dem Vorwand, er würde sie küssen, sobald er sie sah, statt abzuwarten, bis sie dazu aufgelegt war, eine Szene gemacht. Dann war sie zornig geworden, weil er sich nicht mehr um sie kümmerte. »Sie brauchte um jeden Preis einen Grund«, dachte er, weil er schlechte Laune hatte, aber ohne daß er eigentlich glaubte, sie wolle ihm Böses. Jedenfalls entfernte er sich nicht weit vom Haus, ganz

wie es seine Gewohnheit war. Die Nacht war wunderschön. Die Luft war mild. Myriaden von Sternen, in die Unendlichkeit gestreut, leuchteten in schwindelerregender Höhe. Als er den Triebwagen kommen hörte, ging er zu dem Graben, der den Boulevard in die nördliche und die südliche Seite teilt, um ihn dort vorbeifahren zu sehen. Als er sich umdrehte, ergriff ihn ein Zittern. Die Lichter in seiner Wohnung waren gelöscht. Er blickte zur Haustür. Er fühlte, wie sein Herz schlug und seine Hände feucht wurden. Dann öffnete sich plötzlich die Tür und Eliane erschien. Ihm war, als würden Schleier zerrissen, hinter deren flatternden Fetzen sich alles enthüllte, was er verdammte oder fürchtete, alles, was ihm freundlich gesonnen war, und inmitten von allem das ihm Teuerste auf der Welt. Er machte ein paar Schritte. Eliane ging rasch. Er folgte ihr. Er sah sie vor sich, jetzt im Dunkeln, dann im vollen Licht, als berührte sie kaum den Boden. Alles, was er sie ohne ihn hatte machen sehen – wie sie ein Glas an ihre Lippen führte, wie sie sich kämmte – kam ihm in den Sinn. Sie ging ohne ihn fort, und auch wenn er sie nicht sah, hatte er das Gefühl, daß sie manchmal aus Gewohnheit über das Revers ihres Mantels strich, für sich allein jetzt also diese Gesten machte, die er so liebte. Bald bog sie in die Rue de Rome ein. Er erinnerte sich, dem jungen Mädchen erklärt zu haben, daß diese Straße, die parallel zu den Gleisen vom Bahnhof Saint-Lazare verläuft, ein heißes Pflaster war. Sie dachte gewiß nicht mehr daran. In der Luft lag der Geruch von Rauch. Pierre Neuhart hatte ein ebenso schmerzliches wie seltsames Gefühl. Wie er sie auf einmal so selbständig vor sich sah, schien ihm, daß diese Frau, die er liebte, die er küßte, die er in seine Arme nahm, ihn auf diese Weise auf eine baldige Trennung vorbereite. Es war bereits so, als kennten sie einander nicht mehr. Jeder ging seinen eigenen Weg. Sie würden nicht mehr zusammen reden können. Dieser Gedanke machte ihn so unglücklich, daß er sich Gewalt antun mußte, um nicht zu ihr zu laufen, damit er ihr nicht weiter ohne ihr Wissen folgte. Er war sich zwar der Niederträchtigkeit dieser Beschattung nicht bewußt, litt aber darunter, daß es soweit gekommen war. Sie ging ihm immer noch eilig voraus und drehte sich nicht einmal um. Manchmal kam es ihm vor, als ginge er ihr nicht nach; und so als sei sie nur zufällig auf demselben Weg wie er, hätte er sie gerne eingeholt und gefragt, wohin sie gehe, was sie um diese Zeit draußen mache. Dieses Gefühl war so stark, daß er das Vorgefallene tatsächlich vergaß und ein paar Sekunden lang glaubte, sie habe ihn um die Erlaubnis gebeten, ein paar Einkäufe machen zu dürfen. Weil sein Blick auf den vor ihm gehenden Schatten geheftet war, kam ihm dann wiederum der Gedanke, daß dies gar nicht Eliane war, die doch ganz brav im Bett lag und schlief, während er wie ein Verwirrter irgendeiner Passantin folgte. Doch nachdem all diese Gedanken und Eindrücke sich vermischt und verwickelt hatten, tauchte plötzlich die Wirklichkeit wieder auf. Da war Eliane, ganz allein, abends auf der Straße, nachdem sie ihm diese Komödie vorgespielt hatte. Und da war auch er, hinter ihr und ohne ihr Wissen. Gestern zur gleichen Zeit lagen sie noch lesend Seite an Seite. Jetzt folgte er ihr. Er stieß auf Passanten, die kurz zuvor Eliane angestarrt hatten und nicht ahnten, daß sie zu diesem Mann gehörte, auf den sie wenig später trafen. Er glaubte, vor diesen Unbekannten etwas ganz Offenkundiges zu verheimlichen, was ihm außerordentlich peinlich war. Er konnte den Blick nicht von ihr abwenden. Er fürchtete, sie würde in ein Haus verschwinden, ohne daß er sie dort eintreten sah, in dem ein Geliebter sie nahm, während er wie ein Verrückter und hektisch wie jemand, der bei einem Brand seine Siebensachen zusammenrafft, nach ihr suchen würde. Trotzdem wagte er nicht, sich noch weiter zu nähern, denn außer seiner Furcht, entdeckt zu werden, schmerzte es ihn, sie in ihren Kleidern zu erblicken, in ihren Schuhen, die er ihr selbst anzog, »weil ihre Hand so kraftlos war« und ihr Spann so schön gewölbt. Beim Bahnhof blieb sie stehen, bevor sie die Straße überquerte. Auf einer beleuchteten Uhr war es fast neun. Schließlich ging sie weiter und bog, nachdem sie das Hotel Terminus passiert hatte, in die Rue d'Amsterdam. Beim Vorübergehen drehten Männer sich nach ihr um, doch ging sie so schnell, daß niemand ihr folgte, und sobald Pierre Neuhart sah, daß ein Passant nach einem zögernden Verharren wieder seiner Wege ging, verspürte er ein kurzes Gefühl der Freude. Plötzlich sah er, daß sie vor einem kleinen Lokal, dessen Interieur sich hinter roten Vorhängen verbarg, stehengeblieben war. Ein Boy von vielleicht zwölf begrüßte Eliane, setzte für sie die Drehtür in Gang und bezog dann wieder draußen seinen Posten neben einer blitzblank polierten Vitrine, in der Ananas ausgestellt waren.

Dieses Mal merkte Pierre Neuhart, wie seine Kräfte ihn verließen. Eine Sekunde lang meinte er, über einen mit Löchern übersäten Boden zu stolpern und nur deshalb nicht zu stürzen, weil er lediglich mit einem Fuß in die Leere trat. Bis jetzt hatte er trotz allem gehofft, daß sie nur ausgegangen sei, um sich ein wenig zu zerstreuen, und früher oder später zurückkehren werde. Doch nun war jeder Zweifel ausgeschlossen. Alles, was er für sie getan, und alles, wozu er sich befähigt geglaubt hatte, fiel ihm wieder ein. Als er die roten Vorhänge sah, spürte er, wie er unvermittelt auf eine Reihe von Heimlichkeiten stieß: Rendezvous in Junggesellenbuden, postlagernde Briefe, das ganze Geheimnis anderer Leute Leben – das dieser Passantin etwa, oder das jenes Mädchens auf der Terrasse dort. Er kam sich wie ein Trottel vor, der tagtäglich mit soviel Verrat in Berührung gekommen war, ohne etwas davon zu ahnen. Denselben Abscheu, den er für den Körper des anderen empfand, begann er nun, wie ihm schien, für Eliane zu verspüren. »Ich habe schon andere gesehen«, stotterte er aus Trotz. Er ging auf die Bar zu. Der Kopf drehte sich ihm fast tatsächlich, denn zeitweise hatte er das Gefühl, nach hinten zu sehen. Alles bewegte sich. Allein die rote Fassade des Lokals verharrte reglos an ihrem Platz. Der nahegelegene Bahnhof dröhnte und die Autos lärmten – aber er hörte nichts. Erinnerungsfetzen, wirre Bilder, Empfindungen aus allen Situationen seines Lebens vermischten sich in seinem Kopf, und zusammen mit der Angst, mit seiner Erregung, mit seiner Liebe zu Eliane rief dieser Zustand schließlich Schwindel bei ihm hervor.

»Immer dasselbe«, dachte er. »Immer dasselbe.« Er wußte nicht genau, was er damit eigentlich meinte. Er stand jetzt am Eingang. Oberhalb des Vorhangs gewahrte er den Kopf des Patrons, der vermutlich an der Kasse saß. Der Mann ahnte nicht, daß er beobachtet wurde, und Pierre glaubte, dessen in den Saal gerichteter Blick ruhe auf Eliane. Er konnte nicht mehr. Plötzlich ekelte ihm vor sich selbst. Die endlose Zahl lebender Menschen entmutigte ihn. »Du Dummkopf, du bist nichts weiter als eine unglückliche Ameise, du bist nichts. Leide noch ein bißchen mehr, damit du noch weniger bist.« Zorn stieg in ihm hoch. Er wagte trotzdem nicht, das Lokal zu betreten. Er versuchte das Innere zu erspähen, doch durch die sorgfältig zugezogenen Vorhänge drang kein Licht. Er wurde wütend auf den Patron. »Was für ein gerissener Hund! Der weiß genau, wie man zu Geld kommt. Der Kundschaft einfach erlauben, daß sie sich in aller Ruhe küßt!« Er überquerte die Straße, ging wieder zum Eingang des Lokals zurück. Plötzlich öffnete sich die Tür und gab den Blick auf zwei Damen frei. Er regte sich nicht in der Hoffnung, den Saal überblicken zu können, doch ein faltbarer Wandschirm versperrte ihm die Sicht. Seine Wut verstärkte sich, als hätte man mit Gewalt verhindert, daß er dieses Lokal betrat. Er wich einen Schritt zurück.

Soeben war ihm klar geworden, daß er ja frei war und daß es nur von ihm abhing, ob er das Lokal betrat oder nicht. »Na, sowas!« sagte er erstaunt. Während er sich mit diesem Gedanken herumgeschlagen hatte, war Eliane ihm völlig entfallen. Jetzt aber tauchte sie wieder vor ihm auf, allerdings nicht in der Perspektive wie zuvor, als er ihr folgte, vielmehr saß sie lächelnd hinter diesem Vorhang. Gewiß befand sich ein Mann an ihrer Seite. Pierre Neuhart machte ein paar Schritte und setzte die Drehtür in Gang. Er sah weiße Tischtücher, Früchte, fünf oder sechs Pärchen, und plötzlich fiel sein Blick auf Eliane. Ein junger Mann hatte einen Arm um ihre Schulter gelegt und mit der anderen Hand pflückte er gerade eine Weintraube ab. Eliane hatte mit dem Unbekannten jedoch nicht gespeist. Sie hatte sich mit einem Likör begnügt. Beim Sprechen schaute sie ihren Nachbarn an.

In diesem Moment hätte Pierre Neuhart die schlimmste Verwundung nichts ausgemacht. Sein Blick konnte sich nicht von dem Pärchen lösen. Diese Frau, die er liebte, neben diesem Mann, den er nicht einmal kannte, beide zärtlich vereint, das erschien ihm ungeheuerlich. Angesichts dieser beiden, die ihn nicht gesehen hatten und sich nicht beirren ließen, glaubte er sich einen Augenblick der Ohnmacht nahe. Als Eliane sich lächelnd von ihrem Begleiter abwandte, sah sie ihn. Ihr Gesicht versteinerte sich ebenso abrupt, wie ihr Lächeln von ihren Lippen schwand. Unmerklich weiteten sich ihre Augen. Ohne den Blick abzuwenden, schob sie die Hand, die der junge Mann auf ihre Schulter gelegt hatte, mechanisch fort, hielt sie dann aber unbewußt weiter mit ihren verkrampften Fingern fest. Allmählich legte sich Entsetzen auf ihre Züge. Pierre Neuhart begriff nicht, daß er solch eine Angst einflößen konnte. Es war, als habe sie an seiner Seite gelebt, ohne daß sie ihn kannte. Ein Kellner kam auf ihn zu.

»Nein, ich esse nichts. Ich suche jemanden.« Er war sich der Lautstärke seiner Stimme nicht bewußt und fürchtete, der ganze Saal habe ihn gehört. Er machte ein, zwei Schritte und zwang sich zur Gelassenheit. Wieder am Wandschirm beim Eingang, drehte er sich um und betrachtete Eliane. Sie hatte ihn nicht aus den Augen gelassen. Ihr Begleiter sprach mit ihr. Sie hörte ihm nicht zu. Fast unwillkürlich gab Pierre Neuhart ihr ein Zeichen, ihm zu folgen. Da erst senkte sie den Kopf. Er hielt es nicht mehr aus. Wie ein Verrückter lief er auf die Straße, wartete einen Moment voller Hoffnung auf Eliane. Doch vergebens.

*

Kaum nach Hause zurückgekehrt, konnte Pierre Neuhart nicht mehr an sich halten. Er ließ sich auf einen Diwan fallen und begann zu schluchzen. Ab und zu hielt er inne, um den Geräuschen der Straße zu lauschen. Alles um ihn herum sah aus wie zuvor. Ähnlich wie Kinder schienen auch die Dinge zu wünschen, daß alles wieder normal würde, und doch konnten sie dieser Szene nicht anders beiwohnen als durch ihre Gegenwart. Schließlich beruhigte sich Pierre Neuhart. Er schaute auf die Uhr. »Sie kommt sicher gleich. Sie wollte nur nicht auf der Stelle mitkommen, um mir zu zeigen, daß sie an ihrem Tun nichts Schlimmes findet.« Er begann auf und ab zu gehen. Gleichgültig monologisierte er vor sich hin, litt aber fürchterlich. Schließlich setzte er sich, doch nur ein paar Sekunden lang. Er fand keine Ruhe, aber sobald er sich nur ein wenig regte, ging ihm der Atem schwer. Nicht selten hatte er vor sich selbst einen tiefen Ekel verspürt. Jetzt aber nahm diese Neigung ungewohnte Ausmaße an. »Ich bin häßlich. Ich habe kein Glück. Ich besitze nichts. Alles, was geschehen ist, habe ich verdient«, dachte er. Erneut setzte er sich hin und stand wieder ruckartig auf. Er hatte das leise Surren der Schaltuhr im Treppenhaus gehört, das entsteht, wenn das Licht angeknipst wird. »Sie kommt mit ihrem Liebhaber. Sie werden mir gestehen, daß sie sich lieben. Sie werden mich flehentlich bitten, mich nicht zwischen sie zu stellen. Sie wird zu meinen Füßen kriechen. Er wird weinen. Und ich muß nachgeben.« In diesem Moment erschien Eliane im Salon. Ihre Schwerfälligkeit überraschte Pierre Neuhart. Grundlos wechselte sie ihre Handtasche von der einen zur anderen Hand. Es war, als wüßte sie nicht, wie sie ihre Zeit vertreiben sollte, und als sie stehenblieb, ging von ihr dieselbe Mattigkeit aus. »Was soll ich sagen? Was soll ich tun?« fragte er sich einen Moment. Er hatte die Orientierung verloren. Nicht ein einziges Mal war ihm der Gedanke gekommen, Theater zu spielen. Er war vollkommen willenlos. Eliane war schweigend weiter in den Salon gegangen. Sie wagte nicht, ihm ins Gesicht zu sehen. Dann und wann glitt nur ein ängstlicher Blick zu ihm hin. Schließlich trat Pierre Neuhart auf sie zu und sagte schroff:

– Eliane, mein kleines Kind, hast du den Kopf verloren?

In Wirklichkeit wußte er nicht, was er gerade gesagt hatte. Er ließ sie plötzlich stehen, ging zu einem

Fenster, öffnete eine Tür, schloß sie wieder. Er war schweißgebadet. Manchmal fuhr er sich mit einer Hand über die feuchte Stirn, verharrte dann so mit nasser Handfläche und dachte nicht daran, sie abzutrocknen.

– Eliane, wiederholte er, warum hast du das getan?

Alles in seiner Haltung drückte den Wunsch aus, vernünftig zu bleiben. Und doch zitterte er vor Nervosität und mußte die Tränen zurückhalten.

– Komm zu mir, Eliane.

Sie gehorchte, doch als sie ihm fast gegenüberstand, erinnerte er sich plötzlich dessen, was vorgefallen war, und stieß sie brutal zurück. Das junge Mädchen, das sonst so empfindlich auf sein leisestes Wort, auf seine kleinste Geste reagierte, wich wortlos zurück. Überrascht sah er sie an und ging dann wieder mit mechanischen Bewegungen auf sie zu. Mit Entsetzen sah sie ihn näherkommen, aber sie bewegte sich nicht. Als er bei ihr war und ehe sie sich noch hätte zur Wehr setzen können, umschlang er ihre Hüfte und preßte sie mit Leibeskräften an sich. Eliane schrie auf:

– Ich ersticke... ich ersticke...

Er ließ von ihr ab. In seinen Augen standen die Tränen. Als er spürte, daß er sie nicht länger zurückhalten konnte, ging, ja, lief er fast in ein anderes Zimmer. So plötzlich allein, kam er wieder zur Besinnung. Als er in den Salon zurückkehrte, war Eliane nicht mehr da. Er lief zur Wohnungstür und stellte bei ihrem Anblick fest, daß sie nicht geöffnet worden war. Er ging in ein anderes Zimmer. Hier war sie ebenfalls nicht.

– Eliane! rief er.

Niemand gab Antwort.
– Eliane! Eliane!
Er war wie verrückt. Er suchte die ganze Wohnung nach ihr ab. Als er das Badezimmer betreten wollte, war die Tür abgesperrt.
– Mach auf, Eliane!
Durch die Tür vernahm er eine schwache Stimme.
– Ja... ja... Ich mache auf.
Sie begab sich sofort ins Schlafzimmer. Er folgte ihr, konnte dann aber seinen Schmerz nicht mehr zurückhalten. Die Arme vorgestreckt wie ein Blinder, ging er zum Bett und ließ sich ohne Rücksicht auf sein Gewicht darauf fallen. Eliane sah ihn angewidert an. Selbst in Augenblicken, wo er sich in der Gewalt hatte, flößte er ihr Abscheu ein. Die Heftigkeit seiner Liebe, seine Härte, seine Zuvorkommenheit, sein ganzes reifes und beeindruckendes Wesen hatten Eliane verwirrt. Und die Stärke dieses Leidens, das in diesem Schluchzen und männlichen Stöhnen, diesen inneren Kämpfen seinen Ausdruck fand, konnte ihren Ekel nur vergrößern. Er war zu laut, er sprach zu oft von Liebe, unablässig versuchte er, sich ihr zu nähern, unter welchem Vorwand auch immer. Sein Schmerz war das genaue Abbild seiner Liebe: verheerend, brutal und ohne Maß.
Plötzlich erhob sich Pierre Neuhart, griff nach einer Hand von Eliane und zog sie an sich. Die Schroffheit dieser Geste war ihr zuwider, aber sie wehrte sich nicht. Er nahm ihren Kopf in seine Hände und zwang sie auf diese Weise, ihm in die Augen zu sehen.
– Was hast du gemacht? fragte er.

Sie gab keine Antwort.
– So rede doch! Was hast du gemacht? Schämst du dich nicht ... schämst du dich nicht?
Sie fing an zu weinen. Brüsk stieß er sie zurück. Obwohl der Stoß nur leicht gewesen war, wankte sie, als wolle sie das Gewaltsame dieser Geste unterstreichen, machte ein paar Schritte und ließ sich in einen Sessel fallen.
– Jeder wird dich besitzen. Am Ende bist du irgend so ein Flittchen ... hörst du ... eine kleine Nutte, wie man sie an jeder Ecke trifft.
So verging die Nacht, ohne daß einer von beiden sich klarer ausgedrückt hätte. Mitunter verharrten sie minutenlang ohne ein Wort. Dann waren Seufzer zu vernehmen, die dann Eliane, dann wiederum Pierre ausstieß. Manchmal, wenn er scheinbar aus einem Traum aufschreckte, stellte er ihr eine Frage, auf die sie keine Antwort gab, oder er versuchte gewaltsam, sie zu küssen. Wenn es ihm gelang, ließ er angewidert von ihr ab.
Schließlich drang die Morgendämmerung herein. Sie hatten beide nicht geschlafen. Das erste Licht des Tages überraschte sie: den einen vollständig bekleidet und zeitweise von Zuckungen geschüttelt auf dem Bett ausgestreckt, die andere mit verweinten Augen, die Hände um die Lehnen des Sessels geklammert.
Pierre Neuhart stand auf. Die Nacht hatte ihn aufgerieben. Er fühlte sich gealtert. Er tat ein paar Schritte, betrachtete Eliane, die in ihrem Sessel ganz zusammengesunken war, und streifte im Vorübergehen gedankenverloren über ihr Haar.

– Du solltest jetzt gehen. Das wäre das Vernünftigste. Wir können nicht mehr zusammensein.
Bei diesen Worten tauchte Elianes Gesicht aus dem Dunkel auf, und Pierre Neuhart erblickte zwei glänzende Augen, die ihn anflehten. Er hatte keine Kraft mehr, um weiter auf seinen Worten zu bestehen, und ging ins Badezimmer. Das Tageslicht breitete sich zusehends in allen Räumen aus. Es war kalt, und von Zeit zu Zeit fröstelte Eliane.
Pierre Neuhart schien die Ruhe selbst. Er machte ausgedehnt Toilette und zog dann einen anderen Anzug an. Als er in das Schlafzimmer zurückkehrte, fiel ihm die Unordnung auf, die die Dunkelheit ihm zuvor noch verhüllt hatte.
– Eliane! rief er.
Sie hob den Kopf. Obwohl sie nicht geschlafen und sich noch nicht zurechtgemacht hatte, bemerkte er, daß ihr Gesicht frisch und jung war. Dieses Detail verdeutlichte ihm, wie alt er neben ihr war, wie verbraucht er aussah im Vergleich zu ihr.
– Eliane, wiederholte er, ich bitte dich, mir einen großen Gefallen zu tun. Nach allem, was du getan hast, kannst du ihn nicht ausschlagen. Ich bitte dich, von dir aus zu gehen, ohne daß ich es noch einmal sagen muß. Es ist vorbei, mein armes kleines Kind. Ich werde dich nicht wiedersehen, und du wirst glücklich sein, und leiden wirst du auch nicht mehr. Du bist jetzt frei. Verstehst du mich? Ich weiß, daß du jetzt zufrieden bist und dich nicht gerne an mich erinnern wirst – ich, der dich über alles geliebt hat.
Eliane begann wieder zu weinen, doch zum erstenmal

verbarg sie ihr Gesicht nicht mehr. Er sah sie liebend an. »Sie wird dem gehören, der ihr am meisten bietet, und sie wird ihn genauso betrügen, wie sie mich betrogen hat!« dachte er. Doch angesichts der Verzweiflung dieses Kindes schämte er sich seines Gedankens. Sie erschien ihm noch schöner als zuvor, aber in ihrem Gesicht lag bereits etwas von einem nur flüchtig erblickten Bild. Das war nicht mehr Eliane. Er setzte sich zu ihr. Sie würde ihn jetzt für immer verlassen. Was würde aus ihr werden? Sie würde lernen, sich anderen Frauen gegenüber zu behaupten. Ihre Unschuld würde schwinden, und was wäre sie in ein paar Jahren? Eine Frau, der man nichts vormachen kann! Aber sie war ja noch da, hier bei ihm. Er mußte ihr die Arme streicheln. Sie gab einen gellenden Schrei von sich und erhob sich abrupt:

– Ich gehe... ich gehe... Sie sind ein Feigling, stammelte sie.

Er wollte sie festhalten, aber sie riß sich schroff von ihm los, und deutlicher noch als in jenem Moment, als er sie neben dem jungen Mann gesehen hatte, spürte er nun, daß alles zu Ende war.

7

In der Woche, nachdem Eliane ihn verlassen hatte, ging Pierre Neuhart nicht ein einziges Mal in sein Büro. Der Gedanke an das junge Mädchen ließ ihn nicht los. Wenn er nachts aufwachte, tastete er nach Eliane, so daß ihn ein Gefühl der Einsamkeit überkam, wie er es bis dahin noch nicht gekannt hatte. Nun schien ihm, als sei er zu hart gewesen, als hätte er das wehrlose Kind nicht auf diese Weise fortschicken dürfen. Öfter dachte er daran, Madame Gelly in der Rue Rosa-Bonheur aufzusuchen. Aber entschließen konnte er sich nicht dazu. Eliane hatte immer wieder versichert, sie würde lieber sterben als zu ihrer Mutter zurückzukehren nach allem, was sie ihr angetan hatte, so daß er fürchtete, sie könnte ihm eine schreckliche Szene machen. Er wollte Eliane unbedingt wiedersehen und mit ihr sprechen. Beinahe jeden Abend ging er in die Rue d'Amsterdam und hoffte, sie würde in das Lokal zurückkehren. Aber immer vergebens. Wenn er nach stundenlangem Umherirren nach Hause kam, war er noch eine Weile wie vor den Kopf geschlagen. Die leere Wohnung ängstigte ihn, als sei sie noch mit der Gegenwart derjenigen erfüllt, die er geliebt hatte. Überall stieß er auf Spuren des jungen Mädchens. Man hätte meinen können, sie wohne immer noch hier und sei nur einen Augenblick ausgegangen. Er fing leise zu weinen an. Seit er Eliane in Begleitung des jungen Mannes überrascht hatte, war sein Schmerz so stark, daß er zu keiner Gegenwehr mehr fähig war. Die Tränen flossen anscheinend ohne Grund. Selbst auf der Straße oder im Café konnte er sie nicht zurückhalten. Sie traten ihm so selbstverständlich in die Augen, als wäre die Kälte daran schuld. Er verbarg nicht einmal mehr das Gesicht dabei. Und wenn er sich beobachtet fühlte, tat er so, als merke er gar nicht, daß er weinte, und lenkte seine Aufmerksamkeit auf irgendeinen Passanten, als sei nicht der Schmerz die Ursache seiner Tränen, sondern ein Staubkorn unter seinem Augenlid. Jeden Morgen verließ er die Wohnung etwas früher. Jeden Abend kehrte er später dorthin zurück. Der Aufwartefrau hatte er gekündigt. Er konnte die Menschen nicht mehr ertragen, die Eliane gekannt hatten. Als er einem gewissen Gounod begegnete, den er dem Mädchen einmal vorgestellt hatte, kehrte er ihm, der doch nur drei Schritte von ihm entfernt war, schroff den Rücken zu, ohne daran zu denken, daß er es sich damit für immer mit seinem Kameraden verdarb. Seitdem er allein lebte, brannte sein Schmerz nicht mehr so stark, dabei wäre er jetzt viel begründeter gewesen als zu der Zeit, wo ihn das junge Mädchen mit ihrer schlechten Laune entstehen ließ. Als man ihn einen Monat später sah, hätte man meinen können, es seien bereits Jahre seit seinem Unglück vergangen und er habe sich immer noch nicht davon erholt. Er sprach kaum noch, ging nur noch selten in sein Büro. Seine Angestellte hatte er entlassen. Die Post erledigte er selbst. Schon öfter hatte er daran gedacht, sein Unternehmen zu verkaufen. »Ich sollte Paris besser verlassen und weit, weit wegfahren.« Die Wochen vergingen,

ohne daß sich die geringste Veränderung in ihm vollzog. Im Gegenteil – er wurde immer schweigsamer. Nichts interessierte ihn, nichts lenkte ihn ab. Statt mit Freude einen neuen Tag zu beginnen, versuchte er beim Aufwachen, gleich wieder einzuschlafen. Er dämmerte dann bis mittags vor sich hin, und das leiseste Geräusch machte ihn rasend. Der Ekel vor seinem Betrieb stieg immer mehr. Er lud seinen Kummer auf ihm ab, und er brachte ihm kein Glück mehr ein. Unter Geschäftsleuten tat er sich immer schwerer.
So verging sein Leben, und der einzige Hoffnungsschimmer war eine Wiederbegegnung mit Eliane. Er wußte nicht, was er ihr sagen sollte und was er tun würde, aber er wollte sie wiedersehen. Nach und nach entwickelte sich ein Leitgedanke: ein großes Vermögen zu erwerben, um dann so etwas wie Rache zu üben, wenn er wieder auf das junge Mädchen stieß. Dann würde sie bedauern, was sie getan hatte. Wenn er abends im Bett lag, stellte er sich diese Begegnung vor, für die er von nun an leben würde. Er sah sich aus einem Automobil steigen, und sobald er einige Schritte auf dem Trottoir gegangen war, würde Eliane auf ihn zukommen. Sie wäre erbärmlich gekleidet und blickte voller Bewunderung zu ihm auf. Er würde sie zu einer Spazierfahrt einladen. Sie würde einwilligen, und alles, was sie ohne ihn hatte erdulden müssen, würde dazu führen, daß sie ihr Leben erneut mit ihm teilen wollte... Die Nacht und das Fieber trugen dazu bei, daß seine Träumereien kein Ende fanden. Er führte Eliane zu den bedeutendsten Couturiers, zu den berühmtesten Juwelieren. Sie blickte ihn unablässig lie-

bevoll und dankbar an. Sie fuhren nach Italien. Die Vergangenheit war vergessen. Sie gab sich ihm von ganzem Herzen hin. Mit jedem Tag wurden seine Träume großartiger. Er besaß ein solches Vermögen, daß er eine Villa in Biarritz erbauen ließ und eine Wohnung am Etoile erwarb. Ließ er Eliane allein, schmollte sie. Sie wollte überall bei ihm sein. Unaufhörlich küßte sie ihn, hielt seine Hände, hatte irgendeinen Wunsch, den er ihr unverzüglich erfüllte.

Morgens, wenn diese Phantastereien abgeklungen waren, fühlte Pierre Neuhart sich dermaßen entmutigt und niedergeschlagen, daß ihm mitunter der Gedanke an Selbstmord kam. Aber eingehüllt in seiner Bettdecke, regte er sich nicht. Es schlug zwölf. Er stand auf und begab sich zu einer Zeit, in der alle Geschäfte geschlossen sind, lustlos in sein Büro, schrieb ein paar Briefe und speiste dann in einem kleinen Restaurant, in das die Fuhrleute einkehren. Nachmittags blühte er wieder auf, und seine Träume schienen ihm immer realisierbarer. »Ich sollte an die Börse gehen«, dachte er dann. »Ich sollte alles, was ich besitze, flüssig machen und einsetzen. Wenn's klappt, bin ich ein gemachter Mann. Geht's schief – Pech. Schlimmer als jetzt kann es nicht kommen.« Dieser Plan versetzte ihn in Erregung, und dies um so mehr, als er ihn daran hinderte, an das junge Mädchen zu denken. Es kam ihm gar nicht in den Sinn, daß sie auch im Erfolgsfall weiterhin unauffindbar bleiben könnte oder ihr Leben gar nicht mit ihm teilen wollte. Wie jene Leute, die nie auf den Gedanken kommen, daß sie selbst der Grund für ihr Unglück sind, schien ihm, daß Eliane – von irgendeiner geheimnisvollen Stimme in Kenntnis gesetzt – am Tag seines Erfolges zu ihm zurückkehren würde, ohne daß er überhaupt nach ihr hätte suchen müssen.

*

Nachdem er in eine Menge komplizierter Geschäfte verwickelt gewesen war, aus denen er jedesmal geschwächt hervorging, nachdem er sich in Spekulationen versucht hatte, die ihm stets Verluste einbrachten, nachdem er seine Wohnung bis hin zum Recht weiterer Untervermietung verkauft hatte, fand Pierre Neuhart sich fünf Jahre nach dem Verschwinden des jungen Mädchens ohne Geld, ohne Stellung, ohne irgend etwas wieder.
Er war jetzt dreiundvierzig Jahre alt. In den vergangenen Jahren war er entsetzlich gealtert. Ehrgeiz und Schmerz hatten ihn aufgerieben. Entmutigt, gebeugt, ruiniert lebte er in einem kleinen Hotel am Montmartre, nahm seine Mahlzeiten in einem Restaurant ein, das beim Zehnerabonnement einen Rabatt gewährte, und lebte von einigen hundert Francs, die er ehemaligen Bekannten abnötigen konnte, auf deren Mitgefühl er gestoßen war. Die Nachmittage verbrachte er auf der Rennbahn, denn das Wetten, bei dem er alles verlor, war seine einzige Hoffnung. Und wenn er keinen Einsatz machen konnte, begeisterte er sich doch so für das Wettergebnis, als hinge seine Zukunft davon ab. Er lungerte in kleinen Bars, wo er mit flüchtigen Bekanntschaften – Apéritif auf Apéritif – geradezu abenteuerliche Zahlenspiele anstellte. Abends ab neun begannen seine Hände leicht zu zittern. Sein blas-

ses, eingefallenes Gesicht wurde noch hohler, und seine Erscheinung nahm nach und nach etwas Verbrauchtes und Welkes an. Trotzdem brach er auch manchmal über einen Witz in schallendes Gelächter aus. Dann tat er einem leid. Man hatte den Eindruck, daß dieses Lachen ihn verzehrte, daß er es absichtlich in die Länge zog, um sich etwas vorzuspielen, und daß die Wucht dieser Anfälle zu einer Nervosität führte, die ihn nachts um den Schlaf brachte. Elianes Bild lebte indes immer noch in seiner Erinnerung. Stets sah er sie vor sich, dann lächelnd, dann mit verzogenem Mund, dann wiederum traurig und ernst. Er hatte sein Schicksal akzeptiert. Er wußte, daß er sie nie wiedersehen würde, daß sie nicht mehr war als eine Erinnerung, die so weit zurücklag wie seine Jugend oder der Krieg. Häufig ging er am Boulevard Pereire spazieren. Dann erlebte er angenehme Minuten. Was das Leben aus ihm gemacht hatte, fiel von ihm ab. Er war allein mit sich, als hätte er vierzig Jahre lang auf einer Insel verbracht. Auf jeder Straße glaubte er Eliane vorübergehen zu sehen. Bisweilen war dieser Eindruck so stark, daß alles um ihn herum verschwand, bis auf die Silhouette irgendeiner Passantin, der seine Phantasie den Gang und den Körper des jungen Mädchens verlieh. Doch es kam ihm nicht einmal in den Sinn, dieses Phantom zu berühren oder es anzusprechen. Er wußte, daß es sich nur um eine Konstruktion seines Geistes handelte, und wenn sie ihn auch in Erregung versetzen konnte, so war ihm doch auch klar, daß sie sich bei der kleinsten Bewegung verflüchtigen würde.

Kehrte er abends in sein kleines Zimmer zurück, in

dem man gleich auf seine Marotten stieß, auf Dinge, die sich am rechten Platz befanden oder herumlagen, setzte er sich an das Fenster, das auf eine schmale, die ganze Nacht von Autos durchquerte Straße ging. Er hörte dem Hupen der Wagen und dem Johlen betrunkener Frauen zu, um dann unmerklich wieder an Eliane zu denken. »Und wenn sie auch unglücklich ist?« dachte er. Unsinnige Träume gingen ihm durch den Kopf: Er traf sie. Sie war arm und verlassen, ohne Freunde, mitten in Paris. Sie erinnerte sich an alles, was er für sie getan hatte. Sie hatte Mitleid mit ihm. »Machen wir aus unseren zwei unglücklichen Leben ein glückliches!« sagte sie. »Bleiben wir zusammen. Lieben wir uns. Schöpfen wir aus unserer Liebe die Kraft für eine bessere Existenz!« Er stand auf, und er kam sich noch viel müder vor. Nur weil er allein war, verbarg er es nicht. Wenn er ging, stützte er sich an den Möbeln ab. Er versuchte erst gar nicht, aufrecht zu gehen. Nicht ein einziges Mal kam ihm der Gedanke, in den Spiegel zu sehen, mit der Hand durch sein ergrautes Haar zu fahren, einen schwarzen Fleck von seinem Gesicht zu wischen, der dort so lange blieb, bis eine Bewegung im Schlaf ihn wegstrich. Seine Augen glänzten. Ein Ausdruck der Freude erhellte seine Züge, aber das war auch alles. Er blieb gebeugt, schwerfällig und so erschöpft wie zuvor.

Schließlich ging er ins Bett. Sobald er der geringsten Tätigkeit nachging, widmete er sich ihr ganz, und alles, was vorher Gegenstand seiner Reflexion gewesen war, verschwand. Behutsam schlug er den Überwurf zurück, vergewisserte sich, daß man ihm keine Decke fortgenommen hatte, strich mit einer Hand über das Kopfkissen, damit es glatt wie Marmor war, schob sie dann unter das Laken und ließ sie bis zum Fußende gleiten – wegen der kindlichen Angst, man hätte ihm einen Streich gespielt und irgendeinen Schabernack dort versteckt. Dann zog er sich mit bemerkenswerter Langsamkeit aus, legte seine verschmutzten Kleider sorgfältig zusammen und begab sich mit dem Blick eines Soldaten, der sich auf einem Brett ausstreckt und in die Leere um sich starrt, endlich ins Bett. Aber er schlief nicht bis zum nächsten Morgen durch. Als er aufwachte, merkte er, daß er auf dem Rücken lag, was er sich nicht erklären konnte, da er doch auf der Seite eingeschlafen war. Dann breitete er plötzlich die Arme aus. Niemand lag neben ihm. Er dachte wieder an Eliane. Im Dunkeln rief er sie leise. Er stellte sich vor, sie liege zu seiner Linken, und drehte sich zu ihr hin. Er sprach wie mit einem Kind zu ihr, denn je mehr Zeit verging, desto jünger erschien sie in seiner Erinnerung. Er erzählte ihr lustige Geschichten, versprach ihr, ein richtiges Pferd zu kaufen, wenn sie größer sei, ein Automobil, Dinge, mit denen man sich fortbewegen kann. Alter und Enttäuschung hatten ihn selber unbeweglich gemacht, und deshalb wollte er sie laufen, springen, reisen sehen. So verbrachte er einige Minuten mit ihr, und wenn er dann das Licht anknipsen wollte und den Schalter nicht fand, vergaß er sie ganz und war überzeugt, daß Dämonen sich gegen ihn verschworen hatten. Er stand auf, öffnete die Tür zum Korridor und versicherte sich in dem trüben, von draußen hereinfallenden Licht, daß sein Schalter noch

an Ort und Stelle war. Unter Beschimpfungen des Hoteliers verriegelte er die Tür, legte sich noch einmal hin und schlief endlich wieder ein.
Der Ehrgeiz, reich zu werden, damit er Eliane zurückerobern konnte, lebte noch in ihm. Aber nur aus Gewohnheit ging er noch zur Pferderennbahn. Ebenso wie ein schlagartig erblindeter Mensch weiterlebt, ißt und das Haus verläßt, ging auch er weiter seinen Wetten nach. Seine Systeme wurden immer komplizierter. Er machte seinen Einsatz ohne Glauben an das Glück und vertraute nur noch der eigenen mühevollen Wahl. Wenn sein Pferd als letztes das Ziel erreichte, ärgerte er sich nicht und versuchte abends geduldig, die Niederlage durch die vorherigen Leistungen zu erklären. Er brauchte den Sieg nicht mehr. Wenn seine Stunde nicht kam, dann kam sie auch für andere nicht.
Am späten Nachmittag begab er sich in ein Café, das trotz seines Lichtergefunkels gar nicht teuer war. Dort trank er mit ein paar Zufallskumpanen – Spieler übrigens allesamt – seinen Apéritif. Kam er als erster, setzte er sich in eine Ecke, und kurz darauf wurde die Erinnerung an Eliane wieder wach. Manchmal fiel ihm der Abend bei Madame Aspi wieder ein. Das war sechs Jahre her; und wie entfernt kam er ihm vor! Er dachte an das Interesse, das man ihm hatte angedeihen lassen, an Gäste wie Monsieur de Petitepierre oder Mademoiselle Duphot, und inmitten all dieser Leute zwei junge, lächelnde Augen, die auf ihn gerichtet waren und einem jungen Mädchen gehörten. »Ich war immerhin jemand«, dachte er, schon etwas benebelt von den ersten Apéritifs. »Ich hatte Stil. Ich war kein Eigenbrötler.«

Aber sobald er tiefer in seinen Erinnerungen grub und sich das Gespräch mit Eliane ins Gedächtnis rief, als er sie nach Hause begleitete, fühlte er sich dem, was heute war, viel näher. »Eliane! Eliane!« sagte er laut, »wo bist du jetzt? Wenn du unglücklich bist, komm zurück zu mir. Ich verzeihe dir alles, was du mir angetan hast.« Er duzte sie, damit sie wirklicher wurde. Er stellte sich vor, daß sie ihn jenseits der Häuser, jenseits der Menge, irgendwo in der Stadt hören, sich von dem Mann an ihrer Seite abwenden und zu ihm eilen würde, hätte sie nur gewußt, wo er zu finden war. Doch stets holte ihn ein »n'Abend, Pierre« oder »n'Abend, Neuhart« aus seinen Träumen. Sie verflüchtigten sich sogleich, und als hätte Eliane nie existiert, stürzte er sich in endlose Gespräche, in denen es ausschließlich um Pferde ging, deren Namen allen nur ein Lächeln abringen konnten.
»Du hättest doch nur auf ihn setzen brauchen, du hast ihn doch als Sieger gesehen.« »Ja, aber ich konnte von *Rimbabelle* nicht lassen!« antwortete ein anderer. Und erst um acht, als das Café halbleer war, trennte man sich. Pierre ging ganz gemächlich in sein kleines Restaurant. Nach dem Essen kam er noch einmal an dem Café vorbei, das er eine Stunde zuvor verlassen hatte. Er suchte nach ein paar bekannten Gesichtern. Wenn er niemanden fand, setzte er sich an einen freien Tisch und spürte von neuem das Gefühl, sein Leben lang immer mehr gegeben als zurückerlangt zu haben – doch deutlich schwächer, das ist wahr, denn er war ja bloß wieder eingekehrt.

*

Eines Abends, nachdem Pierre Neuhart bereits über zwei Stunden in dieser Brasserie gesessen hatte, entschloß er sich zum Aufbruch. Weihnachten stand vor der Tür. Draußen fiel seit dem späten Nachmittag ununterbrochen ein feiner Regen. Die Cafés waren bis auf den letzten Platz besetzt. Ständig öffneten neue Gäste die Eingangstür, andere erhoben sich. Pierre Neuhart konnte sich trotz der soeben getroffenen Entscheidung nicht entschließen, seinen Platz zu verlassen. Er fühlte sich wohl inmitten dieser Betriebsamkeit, im gleißenden Licht, das seine Traurigkeit vertrieb. Oft gingen Frauen, die jemanden suchten oder zum Telefon wollten, an ihm vorbei. Sie nahmen keine Notiz von seinem ausgemergelten Gesicht, seinen abgetragenen Kleidern, der Tasse Kaffee, die vor ihm stand. Doch er musterte sie wie eine Mutter, deren Kind verschwunden ist, versuchte bei jeder von ihnen, etwas von Eliane zu entdecken. So wie jemand, der einst reich gewesen ist, die Gleichgültigkeit derer genießt, die es noch sind, weil sie sich nicht im geringsten für ihn interessieren, kostete er die Verachtung der Unbekannten aus. Sie ahnten nicht, daß er ein Mädchen geliebt hatte, das schöner war als sie. Trotz seiner Zerrüttung litt er in seiner Selbstliebe darunter, daß sie Eliane nicht an seiner Seite sehen konnten. All diese Blicke, die er damals auf sich gezogen hatte, wenn er mit dem jungen Mädchen ausging, hatte er nie wieder auf sich ruhen gefühlt. Nie wieder hatte er diese tiefe Befriedigung verspürt, Mittelpunkt zu sein. Jetzt verkroch er sich in einer Ecke, und wenn zufälligerweise jemand das Wort an ihn richtete, wandte er sich ihm nur deshalb zu, weil der Klang einer Stimme zu vernehmen war. Verließ er ein Lokal, dann mit vollkommener Gleichgültigkeit. Auf der Straße beachtete ihn niemand. Wenn er ein einfaches Geschäft betrat, stieß er nicht mehr wie sonst auf diese Beflissenheit, diese glänzenden, auf Eliane gerichteten Augen, diese Zuvorkommenheit, die ihn wieder aufrichtete. Die kleinen Sekretärinnen drehten sich nicht mehr nach ihm um, und die Autofahrer blickten nur starr geradeaus. Er war allein. Wenn er gestürzt wäre, hätte man ihn zu einer Apotheke gebracht – wie irgendein Ding. Der Portier blickte nicht einmal mehr auf, wenn er sein Hotel betrat. Er war ein alter Mann, einsam und arm. Ihm fielen wieder diese Abende ein, die er mit Eliane beim Kartenspiel im hinteren Saal einer Brasserie verbracht hatte. Gewann er, hatten sie nur zum Spaß gespielt. Verlor er aber, wie ernst war auf einmal die Partie!

*

An jenem Abend, als er, eingehüllt von Rauch und Lärm, verloren in der Menge, die nicht einmal wahrnahm, daß es ihn gab, eine glückliche Erinnerung nach der anderen wachrief, sprang er plötzlich auf.

– Eliane, schrie er.

Eine junge Frau, die sich zwischen zwei Tischen hindurchschlängelte, wandte sich um. Sie blickte Pierre Neuhart an, dann seine Tischnachbarn, dann wieder den, der sie gerufen hatte.

– Ach, Sie sind's, sagte sie, ohne überrascht zu sein.

Pierre Neuhart war blaß geworden. Er wollte aufstehen, doch der Tisch stand ihm im Weg. Seine Hände zitterten. Er machte Gebärden wie ein Greis. Wie brennender Stoff bedeckte ihm eine Röte schlagartig Wangen und Stirn.

– Bleiben Sie sitzen, sagte Eliane. Ich bin sofort wieder da. Ich sollte um zehn telefonieren, und jetzt ist es schon zwanzig nach... Bin gleich wieder da. Rühren Sie sich nicht vom Fleck. Ich komme wieder... Ich komme wieder...

Damit verschwand sie, nicht ohne sich jedoch noch einmal umzudrehen, um ihm zuzulächeln.

Erschöpft ließ sich Pierre nach hinten gegen die Sitzbank fallen. Seine Lippen waren geöffnet. Er schien kaum Luft zu bekommen. Und er hatte das Gefühl, daß man über ihn redete und wie einst die Blicke auf ihm ruhten, daß er sich unter all diesen Lichtern in der Mitte des Saals befand. Er setzte sich wieder aufrecht hin, strich mit der Hand sanft über eine Wange, sein Haar, einen Ärmel seines Jackets und über das glatte Holz des Tisches. Er schob seine Tasse fort und zog sie wieder zu sich hin, fuhr sich erneut durch das Haar. Er sah nichts, dachte an nichts. Die Erregung, die Freude, die Angst, aber auch die Scham, so elendig zu sein, schnürten ihm die Kehle zu. Trotz aller Versuche, der zu bleiben, der zuvor einsam an seinem Platz gesessen hatte, verriet er sich durch seinen zuckenden und verzerrten Mund. »Eliane... Eliane... Eliane...«, sagte er, ohne die Lippen zu öffnen, damit ihn niemand hörte. In bestimmten Momenten schien ihm noch deutlicher, daß ihn jedermann beobachtete. Es war, als würden sich seine Glieder wie die eines ängstlichen Kindes, das auf der Bühne steht, gleich entsetzlich versteifen. Er schien bereit, vor Unbeholfenheit zu sterben, auch wenn niemand ihm Beachtung schenkte.

– Eliane! rief er erneut.

Sie stand vor ihm und sah ihn freundlich an.

– Machen Sie ein bißchen Platz, sagte sie. Daran hatte er bis jetzt noch nicht gedacht. Die Verwirrung trieb ihm wieder die Röte ins Gesicht. Er hatte den Eindruck, daß seine Nachbarn ihn nicht mehr aus den Augen ließen und dachten, dies Mädchen erweise ihm eine allzu große Ehre, wenn sie sich neben ihn setzte. Ohne sie anzusehen, wich er zurück. Jeden Moment versuchte er eine Bewegung, die er nicht zu Ende führte. Im Nacken fühlte er den warmen Schweiß. Und plötzlich zitterte er sekundenlang, als ob man ihn geschüttelt hätte.

– Sie warten wohl auf jemanden? fragte Eliane.

– Nein, nein, ich erwarte niemanden.

– Dann setze ich mich einen Moment zu Ihnen, wenn Sie nichts dagegen haben.

Eliane war kein junges Mädchen mehr. In diesen vier Jahren hatte sie eine Sicherheit erlangt, die ihr selbst nicht bewußt war. Sie redete nicht mehr so wie einst. Man spürte, daß sie ihre Nervosität abgelegt, über sich nachgedacht und begriffen hatte, daß sie ihr Leben lang unglücklich wäre, wenn sie sich nicht änderte. Diese Entwicklung war so natürlich, daß es ihr nicht einmal in den Sinn gekommen war, sie zu verbergen. Sie ahnte nicht, was sie eingebüßt hatte, um sich besser durchsetzen zu können. Im Gegenteil – sie hielt sich jetzt für

klüger als zuvor und bemühte sich, ihre Erfahrung zu zeigen.
– Ich dachte mir schon, daß ich Sie eines Tages treffen werde, sagte sie, kaum daß sie saß.
Pierre Neuhart blickte ihr zum erstenmal ins Gesicht. Er spürte deutlich, daß sie genauso arm war wie er. Ihr Mantel war mit gefärbtem Kaninchenfell verbrämt. Ihre langen, ungepflegten Fingernägel überzog ein Nagellack, der einen stechenden Geruch verströmte. Billige Ringe zierten ihre Finger. Sie trug einen kleinen Hut mit einer Schnalle aus falschem Schildpatt. Und ihre nackten Hände, die wie bei einem Mann, der keine Manschetten trägt, aus ihren Mantelärmeln ragten, hielten eine Stoffhandtasche, die an den Verschlußbügeln aufgeplatzt war.
– Ja, ich war sicher, daß ich Sie früher oder später treffen würde, fuhr sie fort. Ich habe mich geändert, wissen Sie. Ich komme gut allein zurecht. Ich habe telefoniert, Sie haben es ja gesehen. Wenn alles klappt, wird *Europa-Film* mich als Statistin engagieren. Das ist der Anfang. Danach kommen richtige Rollen. Und Sie? Gehen Ihre Geschäfte noch gut? Sie sind mir doch hoffentlich nicht böse? Wir könnten gute Freunde sein, wenn Sie das nicht zu langweilig finden. Man könnte sich von Zeit zu Zeit sehen. Manchmal denke ich an Sie, wissen Sie? Wie dumm ich damals war, was? Finden Sie nicht auch, Monsieur? Aber ich war auch ziemlich jung. Warten Sie. Ich war siebzehn. Wenn das keine Entschuldigung ist! Stellen Sie sich vor, gerade heute habe ich mir noch gesagt: »Mensch, das wäre ja komisch, wenn ich Monsieur Neuhart treffen würde!«

– und siehe da, schon treffe ich Sie! Und dann mußten Sie mich noch als erster sehen, aber ich, wissen Sie, ich sehe einen Mann niemals direkt an. Wenn man sie ansieht, denken die Männer gleich, daß man mit ihnen anbändeln will. Ach ja, ich habe noch gar nicht erzählt, daß Mama im Krankenhaus ist. Aber sie kann sich frei bewegen. Sie darf spazierengehen und Besuch empfangen, nur das Krankenhaus verlassen darf sie nicht. Donnerstags besuche ich sie immer. Aber nur manchmal erkennt sie mich. Sie glaubt, ich will ihr ihre Sachen wegnehmen. Fast jedesmal verschwindet sie in ihr Zimmer. Die Tür hat zwar kein Schloß, aber sie hält den Türknopf so fest, daß man sie nicht öffnen kann. Aber Sie, Sie erzählen ja gar nichts von sich. Wohnen Sie noch immer auf dem Boulevard Pereire? Was machen Sie denn so? Erzählen Sie doch mal.

Pierre Neuhart konnte nicht aufhören, Eliane anzusehen. Er erkannte sie nicht wieder. Sobald er sich ein wenig gehen ließ, tauchte das junge Mädchen von damals vor ihm auf, und es war leibhaftiger als dieser Schatten. Unmerklich wurde er neben ihr wieder der Mann, der er einst gewesen war. Er hatte vergessen, daß auch er sich verändert hatte. Seine Zerrüttung, sein Alter, sein Leben – nichts davon kam ihm in den Sinn. Unbewußt verlangte er von Eliane, für den Mann von jetzt wieder das junge Mädchen von einst zu sein, als er noch Herr seines Schicksals gewesen war.

– Aber was machen Sie denn jetzt? fragte er schließlich.

– Was ich mache? Aber das wissen Sie doch. Ich habe es

Ihnen doch eben gesagt. Ich will eine große Künstlerin werden. Man hat mir immer gesagt, ich hätte das Zeug dazu. Leider fehlen mir die richtigen Beziehungen, aber ich hoffe, daß man mich von gewisser Seite protegiert. Beim Kino, beim Theater geht es zu wie überall. Um da reinzukommen, müßte man sich für bestimmte Dinge hergeben, und ich, ich will das nicht. Bei meinem Talent, so sagen sie, muß das auch ohne gehen. Klar, daß es dann länger dauert. Statt sofort ein Star zu sein, muß ich als Statistin anfangen. Es geht aber voran. Wie gesagt, ich habe gerade mit einem Herrn telefoniert, der einen bedeutenden Posten bei *Europa-Film* innehat. Wenn's klappt, muß ich in die Schweiz. Die haben mit dem Film schon angefangen. Er spielt in den Bergen. Morgen treffe ich jedenfalls diesen Herrn, und er hat versprochen, daß er mir dann eine Antwort gibt.

Pierre Neuhart hörte verständnislos zu. Allmählich wurde er wieder zu dem Mann, der er vor ihrem Auftauchen gewesen war. Er sah sie nicht mehr an und versuchte nicht einmal mehr, Haltung zu wahren. Langsam gelangte er von der Erinnerung an Eliane zu der Frau, die jetzt vor ihm saß.

– Es ist elf Uhr! Nicht möglich! sagte sie plötzlich. Ich muß jetzt gehn.

– Elf Uhr, wiederholte er mechanisch.

– Auf Wiedersehen... bis bald... ich muß mich beeilen.

– Aber lassen Sie mich mit Ihnen gehen, stammelte Pierre Neuhart.

– Nur bis zur Tür, wenn Sie wollen, und nicht weiter.

Ich habe ein Rendezvous hier in der Nähe und will nicht, daß man mich mit Ihnen sieht.
Er stand auf und folgte Eliane. Auf der Straße blieb sie stehen.
– Ich gehe lieber ohne Sie weiter, sagte sie. Außerdem sehen wir uns ja wieder. Sie brauchen nur ab und zu in dieses Café zu kommen. Ich bin auch schon mal hier. Wir werden uns schon treffen. Ich gehe jetzt. Also, auf Wiedersehen. Aber Sie haben mir gar nicht gesagt, ob Sie manchmal an mich denken. Nächstesmal müssen Sie es mir unbedingt erzählen.
Sie ging. Pierre Neuhart blickte ihr hinterher. Der Regen fiel, und es war bereits spät. Aber es waren noch so viele Menschen auf den Straßen unterwegs, daß er Eliane fast sogleich aus den Augen verlor.

Emmanuel Bove
Die letzte Nacht

Roman. Band 9278

Arnold – einer jener erfolglosen, sozial gescheiterten und mit einer geradezu subtilen Leidensbereitschaft ausgestatteten: also typischen Helden Boves – begeht einen Selbstmordversuch mittels Gas.
In seiner Agonie stellen sich Bilder einer zwar nicht glücklichen, aber immerhin abenteuerlichen Lebensgeschichte ein: die Errettung vor dem Tod durch die reiche Geliebte Jacqueline, ein plötzlich gegen ihn erhobener Mordvorwurf, Flucht, der vergebliche Versuch, sein verpfuschtes früheres Leben durch eine ›gute Tat‹ zu sühnen, schließlich Gefangennahme und Verurteilung zum Tode.

Am Ende wird Arnold tatsächlich gerettet – freilich nur, um zu der Einsicht gebracht zu werden, daß sein wirkliches Leben weitaus banaler und weniger spektakulär verlief. Doch bevor der Kreislauf seines mittelmäßigen Lebens erneut beginnen kann, stiehlt sich Arnold seinen Rettern davon – indem er einfach stirbt.

Fischer Taschenbuch Verlag

fi 1248 / 1

Französische Literatur des 20. Jahrhunderts

Georges Bernanos
Die tote Gemeinde
Roman. Band 5909

Jean Giono
Vom wahren Reichtum
Band 5974

Raymond Queneau
Der Flug des Ikarus
Roman. Band 5977

Louis Aragon
Das Wahr-Lügen
Erzählungen. Band 5831

Marguerite Yourcenar
Gedenkbilder
Eine Familiengeschichte. Band 5472

Alain
Mars oder Die Psychologie des Krieges
Band 5850

Michel Tournier
Kaspar, Melchior & Balthasar
Roman. Band 5947

Jean Cocteau

Werkausgabe

Herausgegeben von Reinhard Schmidt

Zwölf Bände in Geschenk-Kassette
mit über 320 Abbildungen, darunter zahlreiche
Zeichnungen des Autors.
Die Bände sind auch einzeln lieferbar.

Die große Kluft
Das Weißbuch
Erzählende Prosa I
Band 9201

Thomas der Schwindler
Das Phantom von Marseille
Erzählende Prosa II
Band 9202

Kinder der Nacht
Erzählende Prosa III
Band 9203

Die Hochzeit auf dem Eiffelturm
Orpheus
Die Höllenmaschine
Theater I
Band 9204

Die geliebte Stimme
Der Doppeladler
Theater II
Band 9205

Opéra
Choral
Gedichte I
Band 9206

Spiegelschriften
Gedichte II
Band 9207

Das Blut eines Dichters
Die Schöne und das Tier
Orphée
Filme
Band 9208

Das Berufsgeheimnis
Kritische Poesie I
Band 9209

Opium
Kritische Poesie II
Band 9210

Die Schwierigkeit, zu sein
Kritische Poesie III
Band 9211

Die Farben der Erinnerung
Der Lebensweg eines Dichters
Kritische Poesie IV
Band 9212

Fischer Taschenbuch Verlag

fi 1056/1

Autran Dourado

Ein Leben im Verborgenen
Erzählungen. Band 9194

Autran Dourado, einer der wichtigsten zeitgenössischen Autoren Brasiliens, hat eine einfache, doch in ihrer Subtilität großartige Geschichte geschrieben. Ein begütertes, aber einfältiges und plumpes Mädchen vom Lande, das an den städtischen Vorstellungen, wie ein junges Mädchen zu sein und zu leben habe, fast zerbricht, findet zu sich selbst, als sie auf den ihr gemäßen unscheinbaren Lebensformen, einem Leben im Verborgenen, besteht.

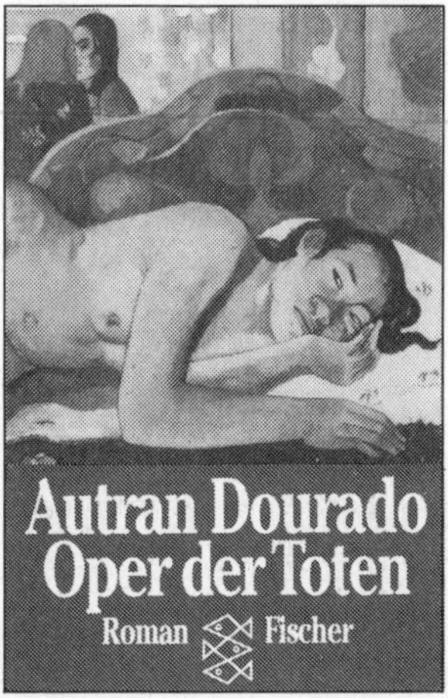

Oper der Toten
Roman. Band 9248

In einer Kleinstadt im Nordosten Brasiliens lebt die 30jährige Dona Rosalina als letzte Erbin der wohlhabenden Familie Honório Cota in dem allmählich verfallenden Haus ihrer Väter. Rosalina führt eine merkwürdige Doppelexistenz: tags eine altjüngferliche unnahbare Herrin, berauscht sie sich des Nachts mit süßem Wein und gibt sich in seltsamer Entrücktheit den Liebkosungen eines hergelaufenen Burschen hin.

Fischer Taschenbuch Verlag

fi 1088 / 1